U0516706

周文彰

诗词选

周文彰◎著

中华书局

图书在版编目(CIP)数据

周文彰诗词选/周文彰著.—北京:中华书局,2014.5(2017.9重印)

ISBN 978-7-101-09897-6

Ⅰ.周…　Ⅱ.周…　Ⅲ.诗集-中国-当代　Ⅳ.I227

中国版本图书馆 CIP 数据核字(2013)第 310857 号

书　　名	周文彰诗词选
著　　者	周文彰
责任编辑	傅　可
出版发行	中华书局
	(北京市丰台区太平桥西里 38 号　100073)
	http://www.zhbc.com.cn
	E-mail:zhbc@ zhbc.com.cn
印　　刷	北京新华印刷有限公司
版　　次	2014 年 5 月北京第 1 版
	2017 年 9 月北京第 2 次印刷
规　　格	开本/630×960 毫米　1/16
	印张 21¼　插页 2　字数 280 千字
印　　数	3001-6000 册
国际书号	ISBN 978-7-101-09897-6
定　　价	68.00 元

诗词目录

序言

玖　凡事闲叙

宦游履迹　盛世清风

周笃文

　　中国作为世界文明古国与礼仪之邦，中华诗词是它最闪光的名片。我国诗词不仅历史最为悠久，而且数量之丰、质量之高、影响之大，都是举世无双的。诗歌的历史可以追溯到距今四千多年的虞舜时期。虞舜的《卿云歌》与见载于《尚书·尧典》的"诗言志"，可说是人类诗歌史上的灵光爆破。此后波调相接，直到如今，一直对社会的发展、历史的进步产生着重大的影响。

　　通观中国诗歌的历史，作为国家管理者的官员，一直发挥着重要的作用。孔子就以"温柔敦厚"作为诗歌的核心，他在删定《诗经》的同时，还主张人们学诗，自己也写过《猗兰操》。刘邦有《大风歌》，项羽有《垓下歌》，曹操有《短歌行》。当代毛泽东的推天揭地的诗词，不少是在马背上哼成的。从隋代开始，诗歌成了参加科举考试的士子的必修功课。朝廷根据诗卷来考察士子的才艺、胸襟与胆识。这对于推动诗歌的发展自然有着深远的影响。试看诗国精英之曹陶谢、李杜苏辛，何一不是鸿儒名宦？官员能诗，是中华文明的一大优点。作为凝聚着中华美德与灵气的诗词，在陶冶性灵、变化气质，进而造就人的诗兴与才智上有着重要的作用。正是官员的亲身垂范，发挥着引领潮流、端正世风的教化作用，促进了社会的进步。

　　文彰先生作为一位职高位重的领导干部，不仅政声清远，而且才艺过人。他自出任海南省委宣传部长之后，为了配合文化工作，开始习诗练字。十年不到，便获得长足进步，成为名噪一方的很有实力与才气的书家与诗人。本集所收百余首诗作，分山水怡情、印象地方、叙事抒怀、世故人情、学艺健身、澳新之旅、重庆见闻、词林开步八个部分。是他结缘山水、采风八方、宦游闻见之记录。字里行间，无不洋溢着高情远韵，以及对人生独特的体悟与富有个性色彩的意象。

讴歌形胜是文彰诗作之重要特色。比如《吊罗山瀑布》：

> 清泉泻挂吊罗山，雨后流声响广寒。
> 树密潭深飞鸟乐，诗仙感叹似天川。

吊罗山为海南四大热带原始雨林林区之一。瀑布就隐藏在原始雨林之中。雨后，瀑布自高空倾泻而下，飞溅的巨响仿佛直冲月宫。这种诗意的感受被作者生动地定型在诗里。"泻挂"二字极具力度与动感，营造出了一种从云端倾泻而出的"天川"之雄伟的气势，可谓妙于形容。同样写瀑布，其《壶口瀑布》便又是一番景象：

> 水雾升腾彩半空，蛟龙出海啸声隆。
> 一壶任泻东流远，吐纳天河乐不穷。

起头两句有声有色。雾气中升起彩虹，如蛟龙呼啸着奔向大海，景象何等壮观。结尾两句，用一壶之小的反剔之笔，衬托出吐纳银河的壮伟神奇。可谓笔扫千军，气笼天地了。《博斯普鲁斯大桥》也是一篇力作：

> 一桥跨越亚欧洲，贯海通洋引浪鸥。
> 古垒平添如虎翼，孰能与彼竞风流。

大桥位于土耳其首都伊斯坦布尔，横跨欧亚分界线博斯普鲁斯海峡之上，是沟通欧亚大陆的咽喉之道，建于上世纪 70 年代，是千年古城的现代音符，东西方文明的交汇点。诗人行经在这极富人文历史沧桑与海洋自然大美的建筑之上，引吭高吟"贯通海洋戏浪鸥""孰能与彼竞风流"之铿锵诗句时，意兴是何等昂扬，感情又是何等奔放。指点江山、激扬文字之高情胜概，令人为之动容。

通过对山水景物的审视和人文历史的考察而获得人生的感悟和哲理的升华，是文彰诗作又一擅胜之长处。如《生命礼赞》：

戈壁骄阳似火烧，干蒸少雨草枯焦。
令人感叹梭梭树，挺立沙洲绿满条。

梭梭树是固沙的灌木，能在降水极少与高温40℃以上、低温零下40℃以下的地区茁壮成长。作者有感于其生命力之顽强而发出"令人感叹梭梭树，挺立沙洲绿满条"的赞叹。从无情的草木战胜生命禁区的严酷而生长这一现象，诗人把它上升到人类社会顽强奋斗的道德精神的高度而加以肯定。这种美学上的拟人化的移情，实际上是一种灵魂的救赎。人的成长，离不开自然。前人所谓"读万卷书，行万里路"，是指此种开悟与成长的过程。其《井冈星火》云：

远景如痴梦，乌云蔽日穹。
英豪怀信念，星火九州红。

"远景"句指实现共产主义的理想。"乌云"句指铺天盖地的围剿。结尾指出英雄们凭着坚定的信念，实现了星火燎原、红遍中国的目的。这是对创造井冈山革命根据地领袖与前辈英雄的深情赞叹，同时也在对历史的缅怀中梳理出一种深刻的教益和启迪。

心系苍生的公仆情怀，在文彰先生的作品中，也有充分的体现。如《观岳阳楼》。岳阳楼名高天下，誉满九州。杜甫晚年曾有"亲朋无一字，老病有孤舟。戎马关山北，凭轩涕泗流"的家国悲吟。范仲淹在其《岳阳楼记》中更提出了"先天下之忧而忧，后天下之乐而乐"的名言。文彰在这首20字的五绝中吟道：

明楼扬万古，美赋越时空。
谁解其中妙？乐忧昭大公。

诗人面对如此旷世的景观，其最心仪的并不是"衔远山、吞长江"的雄伟气势，也不是"白银盘里一青螺"的君山倩影。他认为最妙的是范记中所说的"先忧后乐"的公仆情怀；正是这种情怀，昭示与震撼了世人（大公），岳阳楼之成为千古名楼，原因即在于此。作于全国政协会上的《委员述怀》更是作者现身说法的一首好诗：

> 蛇年正月聚华堂，率直忠诚议国纲。
> 提案陈情怀百姓，发言述意禀中央。
> 亲民务本寻思路，守道谋新创盛昌。
> 好自担当行使命，青春花甲再飞飏。

"亲民务本""守道谋新"，将一位关心人民福祉、勇于担当求索的领导干部的形象生动而深刻地凸现出来了。其另一首《多种树少种草》之诗，则是他"务本""谋新"思路的具体化的体现：

> 枝繁叶茂溢花香，大道林荫好纳凉。
> 少种草来多种树，福还百姓美城乡。

如此深入实际、体恤下情、细致入微的亲民作风，真是令人感动。他的《庐山176号别墅》一诗则是从另一侧面表现出他对民瘼的关心和对正义的坚守。

> 橱床柜椅憾心田，将帅蒙冤在桌前。
> 睹物思人难入梦，胸宽自古谓明贤。

这首明白浅显的诗，是纪念为民请命而蒙冤屈死的彭德怀元帅的。176号别墅是彭总的住所。1959年他因上万言书批评大跃进导致举国饥荒、饿殍遍野而大祸临头，屈死于"文革"中。诗人以"憾心田"表示他睹物思人的无限感慨。"明贤"则是他对于民主政治环境的重要性的诗意表达。应当重现历史，汲取教训，勿重蹈覆辙，大约就是这首诗所具有的现代意义。

文彰先生的诗作立论正大，赋情高远，正规中矩，符合格律。而且字字处处充满激情，流淌着滚烫的诗心与对理想的追求，许多生动的形象，令人难忘。读这样的作品，使人感受到一股盛世的清风在你身边回荡、轰响，使人愉悦，催人奋进。

书家·胡抗美

中国书协顾问、中国书协原副主席、中国国家画院书法院副院长

自 序

我本不会写诗，一如不会写书法。

学了书法，我才觉得应该学写诗。

人们常把诗、书、画相提并论。在我身上，诗与书的联系更为紧密。可以说，不写书法，我可能就没有诗缘了。我的诗缘得益于书缘。

1

我是 2003 年春天开始学习书法的。学习的动因来自于工作的压力。2002 年，我始任中共海南省委常委、宣传部长，新的岗位，让我充满激情，推动海南宣传文化工作的实招频频出台实施。但新的岗位，也不时给我带来尴尬，就因为我不会写毛笔字。

第一次尴尬虽已过 10 年，但至今历历在目。2002 年冬，海南省书画院举办"双年展"，要我题写"翰墨飘香"四个字表示重视和支持，可是我从未用毛笔在宣纸上写过字，因而只能推辞。然而，坚持要我写的耐力让我找到了不能硬行推辞的理由：我是负责宣传文化工作的，不写几个字说不过去啊！字是写了，但水平呢？不用别人评价，自己就过意不去。

这真是：不写，过意不去；写，更过意不去。这不是尴尬吗？！

更多的尴尬来自于签名。出席会议、参加活动，主办者总想让你签名留念，摆放的往往只有毛笔。连名字也写不好不是更难堪吗？我就有过请主办者找硬笔的要求，让主办者尴尬，我也尴尬。

如此几次下来，我便开始学习书法了。

关于我学书法的缘起，在我的书法集自序，以及我的《再造生活——书法价值的当代体验》一书中，已有详细介绍，媒体访谈亦多有涉及。我之所以在这里又旧话重提，为的是把写诗的源头说清楚。我估计诗集相对于书法集而言，会有一些不同的读者朋友。

2

书法界有一个经久不衰的话题，就是书法表现什么内容，即书法写什么。常见的做法是抄写优秀诗词曲赋、经典言论或著作，最大量的是抄写诗和词，而又以诗居多。

这种做法源远流长，可以看作是书法界的一个重要传统。极受当代人推崇的几位书法大家，如张旭、黄庭坚、王铎、董其昌等，他们就曾以其精湛传世的书法艺术表现同样精湛传世的名家诗篇。

唐代大书法家张旭留下来的为数不多的墨迹，最著名的就是《古诗四帖》。他以其在中国书坛独具开创性的狂草，书写了他人的四首五言诗，让历朝历代文人墨客惊叹不已，爱不释手，前赴后继临摹效仿，滋养了一代又一代狂草书家。

宋代著名书法家黄庭坚，用他风格独特的草书，书写了《李白忆旧游诗卷》，成为中国书法史上的草书名作。我国当代著名书法家欧阳中石几年前指点我，学习草书一定要临这本帖。

宋代赵构《行书白居易诗卷》《草书曹植洛神赋》、明代王铎《草书唐人诗帖》、清代董其昌《草书（苏东坡）赤壁怀古卷》等，都是抄写诗词歌赋，都是我国书法宝库中的经典之作。至于《千字文》《般若波罗蜜多心经》、前后《赤壁赋》等，是众多书法家的共同爱好，成为他们书法表现的经典内容。

我国书法界的这一传统，堪称中华民族之一绝。书法痴心于诗词，书法家钟情于诗词，使书法与诗词珠联璧合。书法借助诗词，生成多彩意蕴；诗词借助书法，获得传播载体。能文善诗、满腹经纶，成为书法家必要的文化素质；腹有诗书气自华，便成为古训。

所以，我国当代书法家，挥手便抄古人诗词曲赋，无可厚非；为了书法而刻苦学习古人的诗词曲赋，值得称道。

3

然而，在我国当代书坛，有一种声音不绝如缕，就是倡导书法家不做"文抄公"，而应当书写自己的诗作。一些人甚至讥笑只是抄写他人诗作的书法家。对此，我一直持保留态度。

第一，金无足赤，人无完人。吟诗作对，并非人人都会，也非人皆必须，即使是书法家，亦同此理。对此，我们不必苛求。

第二，同为书法家，甲擅作诗词，乙精于散文，丙善于文论，还有出身理论界、科学界、政界的书法家，各有所长。不应自恃能诗擅词而自傲；要是别人以己之长讥讽你，你又有何感受呢？

第三，作书若只是自我消遣，书作若只是藏而不露，书法家写什么都无妨。若作馈赠礼品、投放市场、悬挂于公共场所，书写什么需要特别讲究，要做到适合得当。书法家的自作诗如果不够品位，还不如抄写著名诗文，免得精美的书法作品遭遇尴尬处境。

第四，具备条件的书法家，应当学习吟诗作对。书法表现的内容既有古人诗词，又有自作诗篇，岂不美哉？

然而，说到我本人，不知道我是不是属于"具备条件者"。从大学、研究生（同等学力）到博士毕业，其间包括当教师，前后共十年，我一直沉醉于我的哲学专业，而哲学思维主要是理性思维、抽象思维，纠结于概念、判断、推理。而诗歌属文学，文学思维主要是形象思维，是理性深藏其后的感性。诗歌也需要抽象，但抽象的结果必须形成意象，而不是形成概念。这样的我，具备写诗的条件吗？

这个问题，当然无需深思，无需论证。我想要写诗的冲动突破了我能否写诗的顾虑和犹豫。我开始写诗了。

4

2006年盛夏，我去位于海南陵水的吊罗山热带原始雨林，林中一块小小的瀑布勾起了我的诗情，我按格律写出我生平第一首七言绝句：

清泉泻挂吊罗山，雨后流声响广寒。
树密潭深飞鸟乐，诗仙感叹似天川。

第一首五言绝句则成于空中。

2011 年 9 月 14 日，我乘国航 CX347 航班去香港出席"博鳌青年论坛"，在飞机上准备回京后参加"中国文化产业三十人论坛"的演讲稿，居然在飞机落地之前完成了。我喜不自胜，作五绝以记之：

离空万米行，也把秒分争。
稳降香江后，凝思腹稿成。

我一直不敢写律诗，因为规矩更严，特别是要求第三和第四句，第五和第六句对仗。2012 年 9 月 26 日，我去山东临沂市执行"送教下基层"任务，并承担讲授第一课：树立正确的世界观、权力观和政绩观。临沂，我 2010 年去过，那是奔书法而去。临沂是书圣王羲之的出生地，我应邀出席"第八届中国临沂书圣文化节"。这次临沂之行，我领略了临沂人民弘扬传统书法文化之创意和革命老区快速发展之神奇。"送教下基层"去临沂，则让我又仿佛置身于 70 年前战火纷飞的年代，感受到沂蒙儿女为我国抗日战争和解放战争胜利所作出的贡献和牺牲，我遂用五律表达我的感受，《沂蒙儿女》成了我的第一首律诗习作：

沂蒙山水秀，百姓厚忠憨。
女纳军鞋底，男钻虎豹潭。
独轮装众望，浓乳沁民甘。
水载舟精进，横刀挺岸南。

沂蒙之行后没几天，便是国庆长假。我到了贵州境内的梵净山——我国第五大佛教圣山，是笑佛弥勒道场。我决心尝试七律的创作，终于有了第一首七律《梵净山》：

> 烟云萦绕幻无踪，雾露清纯润肺胸。
> 险障奇峦林宿凤，流溪泻瀑水游龙。
> 梵天净土端容镜，佛号经声醒世钟。
> 白鸽翩翩迎贵客，笑灵佑护镇顽凶。

5

我因书法而学诗，写诗最初也是记述我学习书法的感悟。从那时到现在，我写诗主要出于三个目的：一曰记事。即以诗为语言，把我所经历过的事情记下来。诗，成了我的一种记忆方式。二曰抒情。我用诗抒发内心的亲情、友情、乡情以及热情、激情等。诗，成了我的一种情感表达方式。三曰言志。我通过诗表达我的某些愿望和志向。这些愿望和志向，是被人、事、物触发或激发而产生的，不是自己想出来的。诗，成了我的愿望和志向的一种表达方式。

因此，我的诗比较真，比较实，反映的是真实，例如真事、实情、真实感受。所用语言也比较平实，不求华丽，但求顺畅；不喜玄奥，但求明白，不作注解或少作注解便能看懂。我认为，每一句甚至每一个用字都离不开注释的诗，是为特定人群写的，不是为一般人写的。上小学时老师的教诲在我的记忆中已经很少，但他说白居易写诗都读给老太太们听，听不懂就改，这个故事我记住了。我脑子里诗的样板就是"松下问童子，言师采药去。只在此山中，云深不知处"；就是"锄禾日当午，汗滴禾下土。谁知盘中餐，粒粒皆辛苦"。大概这就是我作为初学者对诗的粗浅认识吧，我这么想。

因此，这本诗选是初学者的诗，这是一个还没有实现从哲学向文学转换的初学者的诗。

这要敬请读者特别宽容。

6

写诗遇到的第一个困难是入韵。我的第一首七绝《吊罗山瀑布》第一、二、四韵字用的是"山""寒""川",是按普通话注音选用的。然而按古韵书《佩文诗韵》,这三个字分属三个韵,如以"山"字为韵准,"寒""川"都出韵了。古韵的依据是古人的读音,很多字与现代读音相差甚远。例如,杜牧的名诗"远上寒山石径斜,白云深处有人家。停车坐爱枫林晚,霜叶红于二月花",其中的"斜",按照普通话读音就不入韵,但在古代读"xiá",押韵。我们今天读古诗,感到一些古诗不押韵,原因就在这里。

写格律诗到底是按新韵还是古韵,我请教过多位诗家,有的说与时俱进,可用新韵,但要注明"新韵",中华诗词学会就这么提倡;有的则回答:断然不可,不用古韵就不是格律诗。我犯难了,思来想去,这次结集时,全部依照《佩文诗韵》对先作的一批诗的韵字作了调整。调整后,如果词不达意,我就保留原稿,注明"新韵"。后写的,都是按古韵确定韵字的。

写诗的第二个困难是平仄合律。许多字按现代普通话读作平声的,古人却用作入声,入声即仄声。我的许多诗句,如"无敌舰队守边关""挺立沙石枝叶青",居于平声位置上的"敌""石",古代都是入声,因而不换就都不合格律。我使用《佩文诗韵》解决了合韵问题之后,平仄问题我至今没有解决。我在格律上出的问题,大多出在今平而古仄上。学会使用"格律诗在线检测"后,平仄与押韵问题都解决了。

7

写诗需要功底,还需要时间。初学写诗,难以诗如泉涌,更花时间。可是我缺的就是时间。做领导工作白天上班,几乎没有空闲。早晚要备课、写文章、准备讲话提纲,不时还练练书法。从海南到国家行政学院工作以来,4年多,我出版了《总想有新意》《效果是硬道理》《凡事都要下功夫》《撞钟就要撞响》《好人不一定是好官,好官必然是好人》《为民务实清廉——做官做事做人 60 讲》、《再造生活——书法价值的当代体验》等书,出版书法集两本。这些都是利用早晚和节假日写成的。哪来时间写诗呢?

我找到了窍门——路上写!每到外地出差或考察途中,坐在车内,过去我通常浏览报刊图书、读帖。现在,有了诗兴,我就写诗。韵书随身带,有了诗句就提笔写,写成之后输入手机发给老师们请求指点。

虽然我2006年开始学写诗,但成批写诗,则是这两年的事。每次外出,都能带回3至5首诗。2012年10月27日至11月15日,我参加"第三期领导力建设和公共管理专题研讨班"学习,在澳大利亚、新西兰15天写成25首诗。2013年8月8日至13日,我去重庆作诗词15首。

从今年开始,我学习写词。

8

这些年,我翻阅过一些诗集,构思这本诗集时我便想要有些不同。首先,每首诗后写一段说明,介绍该诗的缘起、诗所反映的对象、表达的思想感情等,以便读者阅读,增加知识性和趣味性。二是每首诗配一两幅照片,对应该诗的描述,或关于描写对象,或关于写诗的情境,为读者提供一些直观的画面,供读者对照阅读。三是挑选部分诗写成书法作品,少数由我自己书写,多数系邀请书家朋友挥就,一并印出。四是选择一些诗,把老师们指导自己写诗改诗的过程反映出来,为读者、特别是初学写诗的读者提供一些借鉴,也在读者面前晒一晒我写诗过程的真实面貌。

读者是上帝,也是老师。敬请各位读者不吝赐教。

周文彰
2013 年 9 月 19 日
改定于国家行政学院

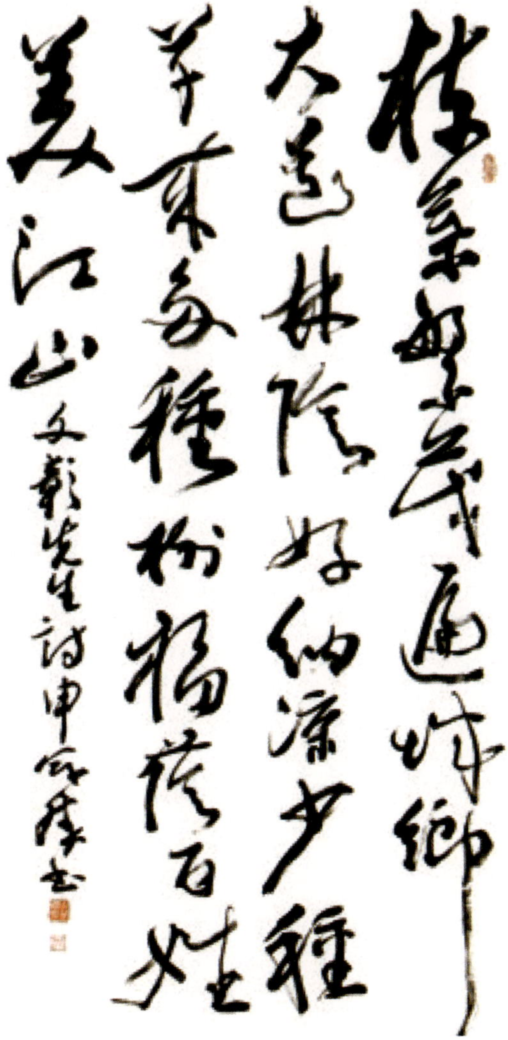

枝上麦穗连坪乡
大邑林阵好纳凉少种
革菜多种粉稻荷百姓
美江山 文毅先生诗 申万胜 书

书家·申万胜
中国书协顾问、中国书协原副主席

19

周文彰诗词选

壹 瀑布天池

瀑布天池

吊罗山瀑布

清泉泻挂吊罗山，
雨后流声响广寒。
树密潭深飞鸟乐，
诗仙感叹似天川。

（2008 年 5 月 新韵）

　　此诗是我的第一首格律诗。
　　海南覆盖着 200 多万亩的原始热带雨林，分为尖峰岭、五指山、
霸王岭、吊罗山四大林区。吊罗山林区有一块瀑布，比起黄果树瀑
布，这个瀑布当然太小，但它的独到之处就在于，它隐藏在茂密的
原始热带雨林中。站在瀑布落点不远处的巨石上，仰头环视四周，
绿树环抱，众鸟飞进飞出，雨后的瀑布倾泻而下，飞溅的巨响仿佛
直冲月亮中的广寒宫。我把脚浸泡在清澈的瀑布潭水中，不由得想
起诗仙李白的著名诗篇："日照香炉生紫烟，遥看瀑布挂前川。飞
流直下三千尺，疑是银河落九天。"
　　这首诗，曾引来三次成规模的步韵和诗，下页左图"儋州诗人
奉和"就是其中的一次。

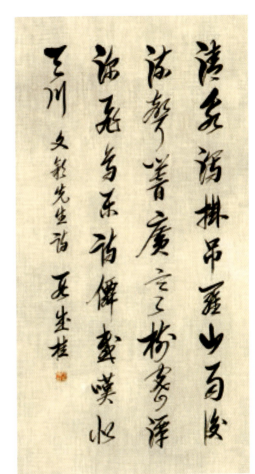

书家·段成桂

中国文联副主席、中国书协顾问

3

壶口瀑布

水雾升腾彩半空，
蛟龙出海啸声隆。
一壶任泻东流远，
吐纳天河乐不穷。

（2011年5月7日）

　　2011年5月5日—11日，我到中国延安干部学院学习，其间学院组织学员到壶口瀑布参观并齐声高歌《黄河大合唱》。滔滔黄河水在此骤然聚拢，似一壶而收，在峡谷深槽中奔腾而下，形成世界上最大的黄色瀑布。主瀑布宽40米，落差30多米。瀑布激起冲天水雾，在阳光照耀下，彩虹通天。隆隆瀑布声犹如巨龙咆哮，让人感慨当年李白的"黄河之水天上来，奔流到海不复回"的壮观。
　　"一壶任泻东流远"句由王晓卫教授改成。

饮虹似瀑

水雾开腾影半空
蛟龙出海啸
彩虹一壶任凭东流远
吐纳黄河
乐不穷

松间壶口瀑布诗

辛卯岁秋苏士澍敬书于北京

书家·苏士澍
中国书协主席、全国政协常委、
文物出版社名誉社长

5

近看庐山瀑布

挂瀑高悬万绿巅,
油然仰看水连天。
泻流激起风吹冷,
声似兵挥百丈鞭。

（2013 年 9 月 14 日）

　　李白的诗《望庐山瀑布》可以说是家喻户晓:"日照香炉生紫烟,
遥看瀑布挂前川。飞流直下三千尺,疑是银河落九天。"这是李白
从远处"遥看"的情景。那么,站在庐山瀑布的跟前看又如何呢?《近
看庐山瀑布》这首诗就写出了新的感受。

　　庐山瀑布主要是由三叠泉瀑布、开先瀑布、石门涧瀑布、黄龙
潭和乌龙潭瀑布、王家坡双瀑和玉帘泉瀑布等组成的瀑布群,被誉
为中国最秀丽的十大瀑布之一。这里所指的便是庐山瀑布群中最为
壮观的三叠泉瀑布。

　　三叠泉瀑布之水,自大月山流出,缓慢流淌一段后,再过五老
峰背,由北崖口悬注于大盘石之上,又飞泻到第二级大盘石,再稍
作停息,便又一次喷洒到第三级大盘石上,形成三叠,故得名三叠
泉瀑布。

井冈山瀑布

峰巅一跃气冲天，
直落龙潭起白烟。
峭壁悬崖何所惧，
源头活水汇河川。

（2015 年 6 月 4 日）

　　井冈山以革命圣地著称于世，红色旅游十分诱人也极其感人，山水风光也令人向往，尤其是五龙瀑布群。这五龙瀑布群自上而下依次是：青龙瀑、黄龙瀑、赤龙瀑、黑龙瀑、白龙瀑。这些巨大的瀑布从山顶飞泻而来，陡然跌落绝壁之下，又连续飞下四级断崖，形成梯状的五个气势磅礴的瀑布和深潭，这就是碧玉潭、金锁潭、珍珠潭、飞凤潭、仙女潭。传说五龙潭是龙王五个女儿的化身，尤其以仙女潭——龙王的小女儿最美。瀑布落差最大的是青龙瀑，有80 多米。这首诗就是青龙瀑的真实写照。

瀑布天池

袖珍瀑布

一碗清流沿壁下，
平潭溅起水晶花。
虽无往日轰鸣响，
恰似神来伏虎茶。

（2015 年 8 月 15 日）

　　京郊怀柔区境内的幽谷神潭，飞瀑高百尺，上下两叠，砸在花岗岩崖壁之上，满谷轰鸣。不知怎么的，在我面前的，却是我有生以来看到的最小的瀑布。尽管如此，在"秋老虎"大施淫威的大热天，这微型瀑布恰似一股"降虎"的清凉茶。

一碗清流沿壁下平潭瀺趬水晶花雖無往日轟鳴響恰似神來伏虎茶

周文韜先生蕭神珍瀑布　丙申之夏　俊京書

书家·刘俊京
中国书协理事、北京市书协副主席

9

瀑布天池

南江峡谷瀑布群

悬崖窜出百条龙,
急坠深渊竞俯冲。
砸碎腰身欢笑起,
丛生险象也从容。

雨后南江峡谷

浊水轰鸣滚滚流,
飞来瀑布涧中收。
森林峭壁天然岸,
独少游人漂小舟。

（2016 年 5 月 27 日）

　　贵阳市开阳县境内的南江大峡谷,以发育典型、气势宏大的喀斯特峡谷风光和类型多样、姿态万千的瀑布群落为特色,全长 40 多公里,峭峰顶立,有各种姿态瀑布 40 多条。

书家·胡崇炜
中国书协理事、辽宁省书协主席

瀑布天池

贵阳钙化瀑布

瀑流笔直未曾闻，
垂线斜依大摆裙。
裙体中空纯钙化，
平潭水落起氤氲。

（2016年5月28日）

　　钙化瀑布位于贵阳市开阳县境内的生态公园南江峡谷，瀑布滑落之岩体形似巨钟，被名为金钟瀑布，在我看来更像一条大摆长裙。

　　钙化瀑布的形成，是因为瀑布水中含有大量的钙质，随着水流中钙质渐渐沉淀下来，就形成了钙化岩体。

　　最奇特的是，这个瀑布的钙化岩体是中空的，人可以进入，可从底下钻进去，然后又可以从瀑布上面的洞口伸出头来，这在众多钙化瀑布中又是比较罕见的。

黄果树瀑布

未露尊容已发威，
纵情咆哮颤心扉。
水帘洞外帘汹涌，
洞里风狂雨湿衣。

（2016 年 6 月 4 日写于海口）

　　黄果树大瀑布位于贵州省安顺市镇宁布依族苗族自治县，是世界著名的大瀑布之一。没有到瀑布跟前，老远就听到落水的轰鸣。瀑布高度为 77.8 米，宽 101 米。水帘洞藏在瀑布背后 40 米至 47 米的高度上，全长 134 米，有六个洞窗、五个洞厅、三股洞泉和六个通道。　走进大瀑布本身就已惊心动魄，在水帘洞里穿行，更有神奇之感。水帘漫顶而下，导致洞中风狂雨大。隔着玉洁晶莹的飞瀑水流向外眺望，瀑布对面的青山、绿树、游人、茶楼……迷离恍惚，若隐若现。最令人叫绝的是从水帘洞的各个洞窗看犀牛潭的彩虹。

伊瓜苏大瀑布

大河底裂马蹄开，
水跌三边下跳台。
巨响环生声震耳，
呼风唤雨八方来。

（2016 年 6 月 28 日写于南京）

　　今天在江苏省委党校下课后，一则微信视频把伊瓜苏瀑布拉到我眼前，我连看数遍，惊奇不已。

　　在伊瓜苏河与巴拉那河汇合处东方上游，自东向西的河水，在经过一个 U 字型大拐弯时，从宽广的河道陡然跌入一条峡谷，形成了这个马蹄形的大瀑布。伊瓜苏大瀑布是世界上最宽的瀑布，位于阿根廷与巴西边界上，1984 年被联合国教科文组织列为世界自然遗产。

　　黄荣生兄当即和诗一首，发微信朋友圈曰：2016 年 6 月 28 日晨，弘陶兄远从江苏发来伊瓜苏瀑布之视频与图片，并诗一首，可谓诗画交辉，大气磅礴。捧读数遍，久无诗兴的我也身陷其境，即兴《伊瓜苏大瀑布》："银线天开国界分，惊魂崩浪气翻云。渊深千尺瀑群涌，浩浩无垠悲日曛。"

瀑布天池

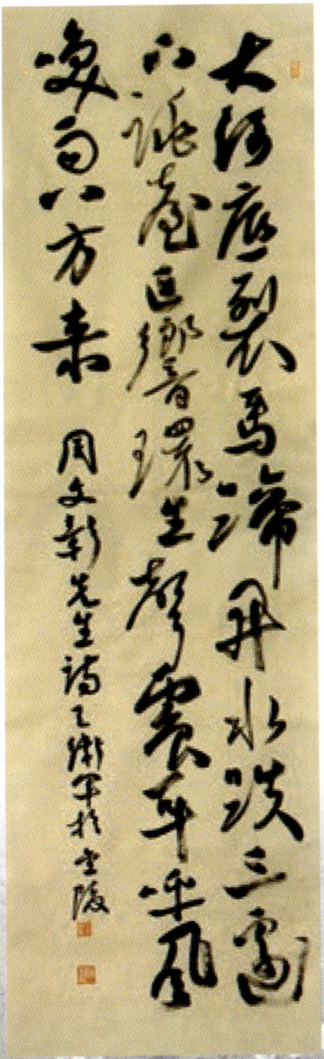

大海底裂鳥蹄飛水淡三灃

小船庵追鄉篸璟生鼙裏年生飛

安身八方来

周文彰先生話乙渊平作書陋

书家·王卫军

中国书协理事、江苏省书协副主席、秘书长

天山天池

龙潭碧水蔚蓝天，
雪里云杉绿岸边。
乳色游船仙若女，
漂浮镜面客缠绵。

（2011 年 8 月 20 日）

　　天山天池位于乌鲁木齐东北 100 公里，博格达峰北坡山腰，湖面海拔 1900 多米，古称"瑶池"，据说为王母娘娘的蟠桃盛会之所。"天池"一名来自清代，取"天镜，神池"之意。

　　新疆著名景点众多，但因地域辽阔，动辄要驱车数百公里，而天山天池因景色秀美，离乌鲁木齐又近，名声更盛。

　　俗话说"九寨归来不看水，海南归来不看海"，对于长期生活在海南的我来说，池、湖等景观对我的吸引力不大。但来到天池边，我被这雪峰倒映、云杉环拥、碧水似镜、云淡风轻中一派让人心旷神怡的景象给征服了。我兴致勃勃地登船，乳白色的游船平稳地驶在水面，犹如在镜面上滑行。

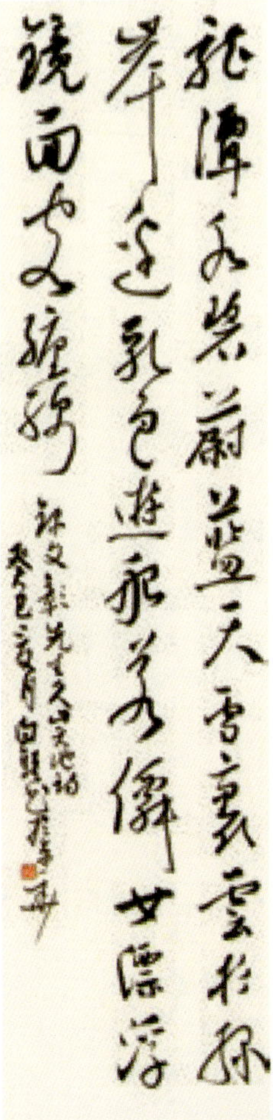

龙潭水色蔚蓝天雪气云痕孙
举千廷乳色游泳争为俦岂漂浮
镜面如冬旋船

许文泰先生久居此地招
乙酉麦月白锐书

书家·白锐
供职于中国文联，美学博士、中国书协会员、北京市书协理事

瀑布天池

游驼峰岭天池

岭号驼峰似绿扉，
池如巨掌映斜辉。
枯松卧水游鱼戏，
濯足遐思不想归。

（2010 年 8 月 18 日）

　　1983 年，我第一次去内蒙古，此后 26 年一直没有去过。2010
年暑假，我再次去了内蒙古，游览了驼峰岭天池和呼伦贝尔大草原。

　　驼峰岭天池位于兴安盟境内，传说是巨人踩出的一个大坑，因
此形如脚掌。实际上是火山喷发后，火山口积水而形成的高山上的
湖泊，水面海拔 1284 米，约形成于 30 万年前。

　　从峰顶俯瞰天池，湖面确如脚掌，我们下到池边，池边横躺着
一棵老树，我坐在树干上，在天池里惬意地洗脚，良久不愿离去。
回到宾馆当晚写下此诗。

驰峰巘

巀嶭驼峰似綠廉池為巨掌映斜
耀枯松卧石遊魚戲濯足遨
思不想歸

周文彰游駝峰攝天池

癸巳冬至前蘇軾詞

书家·苏士澍
中国书协主席、全国政协常委、
文物出版社名誉社长

尼亚加拉瀑布

彪悍新娘水面纱，
马蹄助威落声哗。
一头扎进卧龙底，
溅起滔天巨浪花。

（2016 年 6 月 30 日 19:43 草成于北京至南京南 G78 车 2A 座）

　　尼亚加拉瀑布（Niagara Falls）位于加拿大安大略省和美国纽约州的交界处，是世界第一大跨国瀑布。尼亚加拉瀑布实际由三部分组成，从大到小依次为：马蹄型瀑布（Horseshoe Falls，位于加拿大境内）、美利坚瀑布（American Falls）和新娘面纱瀑布（Veil of the Bride Falls）。新娘面纱瀑布从 122 公尺高的平整岩面直泄而下，略呈扇形，如新娘的面纱。这也是该瀑布名字的由来。

贰 名山奇峰

周 文 彩 诗 词 选

名山奇峰

重游张家界

异岭奇峰刺破天，
多姿古树绕云烟。
游情难舍张家界，
再访相差廿五年。

（2011年7月27日）

张家界位于湖南省西北部。整个景区沟壑纵横，岩峰高耸，绿树翠蔓，兽鸟成群，以"峰奇、谷幽、水秀、林深、洞奥"为主要风景特色，融造化之功于一身，汇万象之美于一体，有"大自然迷宫""天下第一奇山"之美誉。

25年前，即1986年，我作为中国人民大学的博士研究生来到张家界，参加中国社会科学杂志召开的一个小型学术研讨会，主题是"认识的主体性和客观性"，是我当时同一个题目的论文引发的。毫无疑问，我成了这次会议的中心人物。会议期间，我们用一天时间游览了张家界。

25年后，我执行国家行政学院"送教下基层"任务，再次来到张家界。虽然时间过去很久了，但当时主要景点的名字、形象，游览的奇遇，仍然记忆犹新。

张家界，一游难忘啊！

书家·王岳川
中国书协理事，教育委员会副主任，
北京大学中文系教授、博导，
北京大学书法研究所所长

23

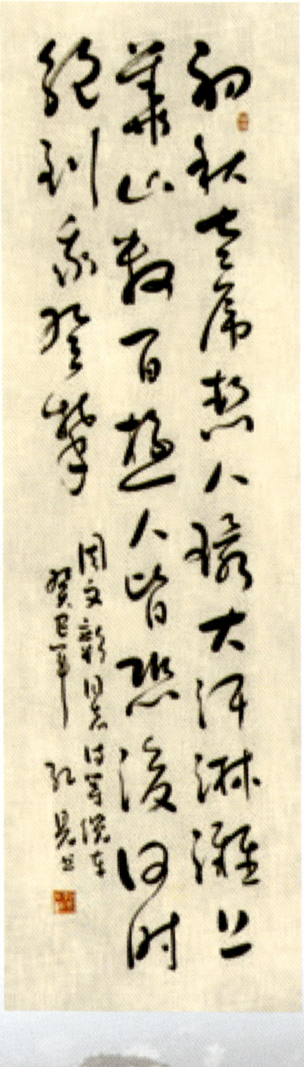

名山奇峰

书家·孔见
中国书协六届维权鉴定工作委员会副
主任、广州军区原副参谋长、少将

等缆车

初秋老虎热人寰，
大汗淋漓上华山。
数百游人皆恐后，
何时轮到我登攀？

（2011 年 8 月 14 日）

登华山金锁关

金关锁道险峰中，
举目遥观落日红。
峭壁斑斓谁点缀，
神工绘就华山雄。

（2011 年 8 月 14 日）

华山为五岳之西岳，南接秦岭，北瞰黄渭，海拔 2154.9 米。华山是一座花岗岩山，有东、西、南、北、中五峰，山上资源丰富，景观独特，文化内涵丰厚。

我们一行来到华山时，正值初秋，天气虽炎热，但仍挡不住游人的热情，数百游人排队等候缆车，队伍顺着护栏蛇形前进，一直在动，却极其缓慢，望着前方长长的队伍，不禁心中嘀咕：什么时候能轮到我啊？

此次华山之行，我们最高只登到金锁关。在这日暮时分，我们愉悦而疲惫地坐在金锁关前的台阶上，落日余晖下举目四望，华山的险奇峻美一收眼底，峭壁上顽强地长出的华山松，姿态优美，为华山平添一股灵秀。在松树的衬托下，斑斓的崖壁愈发显得伟岸坚韧，让人不禁感慨大自然的鬼斧神工。

书家·徐利明
全国政协委员、中国书协理事、南京艺术学院教授、博导

夜上庐山

月色朦胧山隐遁，
白烟挂瀑也难分。
旋弯四百葱茏路，
尽显香庐卓不群。

（2012 年 5 月 26 日）

名山奇峰

庐山，雄踞于江西省北部，以雄、奇、险、秀闻名于世，更因1958年中共中央在这里召开的"庐山会议"而妇孺皆知。庐山素有"匡庐奇秀甲天下"之美誉，巍峨挺拔的青峰秀峦、喷雪鸣雷的银泉飞瀑、瞬息万变的云海奇观、俊奇巧秀的园林建筑，一展庐山的无穷魅力。庐山尤以盛夏如春的凉爽气候为中外游客所向往。庐山与鸡公山、北戴河、莫干山并称为我国四大避暑游览胜地。

2012 年 5 月，我从武汉赴江西"送教下基层"，途经九江，在九江吃完晚饭上庐山，整座庐山都隐藏在浓浓的夜色中，借助半片月光与沿途路灯，只能看到一块块黑魃魃的山石，当年毛泽东主席诗下的"浪下白烟"和李白笔下的"瀑布挂前川"都隐在夜幕之中。真是不识庐山真面目，只缘身在夜色中。然而，车轮下的上山公路，弯连弯，弯弯急转，让我亲身体验到庐山的与众不同，不禁想起当年毛泽东主席《登庐山》诗句："跃上葱茏四百旋"，果然如此。据说，当年毛主席乘车登山时，每经过一个弯道，就丢下一根火柴，到达山顶时，一盒火柴刚好用完；而他手中的一盒火柴（特制）大约是四百根，"四百旋"由此而来。

2013 年 9 月 15 日，我再次上庐山，终于看到了李白笔下的瀑布，写成一首《近看庐山瀑布》（见本书第 6 页）。

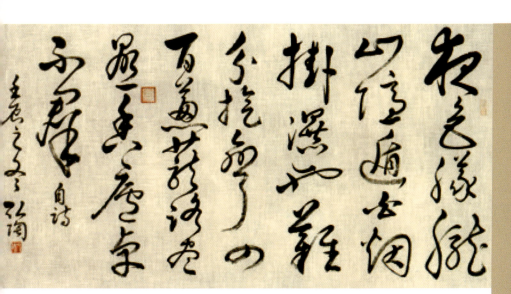

自书《夜上庐山》，刻在庐山长冲河畔

庐山长冲河

长年欢快水，
冲刺不知休。
河满嶙峋石，
崎岖数一流。

（2013 年 9 月 15 日）

注：名曰河，其实是山涧。

庐山世纪冰川石

世纪冰川在，
条纹可辨形。
千条波浪线，
忠实录芳龄。

（2013 年 9 月 14 日）

庐山世纪冰川石

庐山九叠谷石拱挢

莫道山溪浅，
河床乱石多。
拦腰桥拱架，
行路泄洪魔。

（2013 年 9 月 14 日）

庐山九叠谷石拱挢

绿洲井冈山

翠峰笼罩细霏中，
峡谷烟云挂彩虹。
漫步林间春满目，
挑粮小道绿遮空。

（2012 年 5 月 30 日）

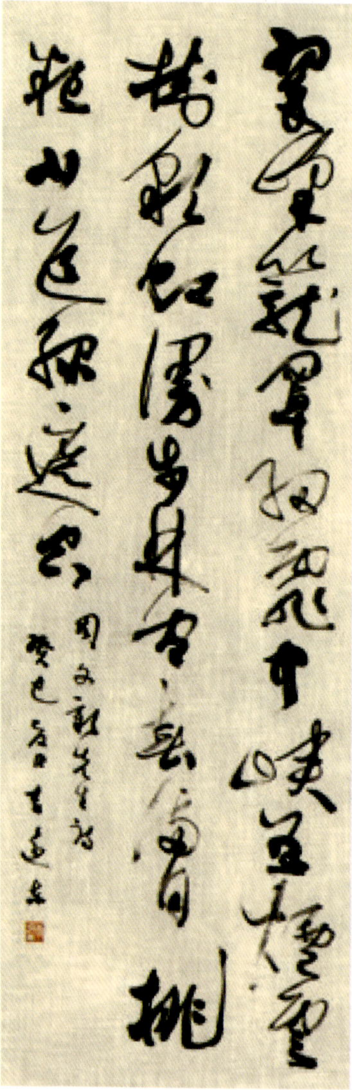

书家·李远东
中国书协理事、广东省书协
副主席、广东书法院院长

看井冈山

朝阳初照看青山，
极目流连不想还。
远处峰峦连玉宇，
眼前泉水注河湾。

（2015 年 9 月 16 日晨）

　　井冈山，红色的山，绿色的山；当年烽火连天，今朝旅游胜地。地属江西省井冈山市，市设立在厦坪镇。井冈山林木繁茂，高山幽壑，飞瀑深涧，岩洞云海，风景秀丽，最高峰海拔2120米。面对眼前满山的苍翠，已很难想象当年革命先辈推石头下山作为"滚雷"与敌战斗的情景了。

　　早饭后散步，我站在中国井冈山干部学院门前开阔的坡地上，环顾四周，触景生情，吟成此诗《看井冈山》。

名山奇峰

梵净山

烟云萦绕幻无踪，
雾露清纯润肺胸。
险障奇峦林宿凤，
流溪泻瀑水游龙。
梵天净土端容镜，
佛号经声醒世钟。
白鸽翩翩迎贵客，
笑灵佑护镇顽凶。

（2012 年 10 月 4 日）

　　梵净山是我国著名的弥勒菩萨道场，与山西五台山、四川峨眉山、安徽九华山、浙江普陀山齐名，是中国第五大佛教名山，在佛教史上具有重要的地位。

　　梵净山位于贵州省铜仁市，为武陵山脉主峰，海拔 2494 米。这里原始生态保存完好，是联合国人与自然保护圈成员单位之一。

　　大自然造就了梵净山的奇异风光。原始古朴的生态王国，不仅成为人类现存不多的活化石博物馆，也造就了清润沁脾的天然氧吧。佛教扬名了梵净山的灵山秀水，置身此山中，俨然画中行，恍若仙山游。山上的珙桐树，是亿万年的古老植物，花似白鸽群聚，被誉为中国和平树，为全世界仅有。诗中"笑灵"，即指笑佛弥勒。

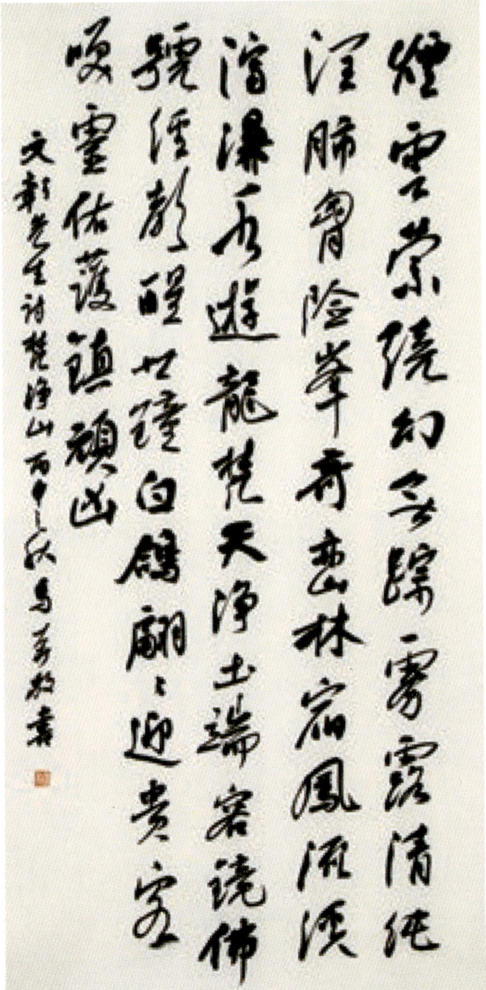

經雲榮繞幻多端 一霧霾清純
涅肺胃陰峯奇畫林宿鳳流溪
滔瀑秀遊龍梵天淨土端客繞佛
彀經筋醒巡磴白鶴翩翩迎貴客
喚靈佑護道頹出

文彩先生詩梵淨山丙申之秋馬奔書

书家·马奔
《书画名家报》主编、中国金融书协副主席

过天山

名山奇峰

由南到北过天山，
草木增多代绿斑。
白石头前惊喜处，
松林湿地水潺潺。

（2015 年 7 月 30 日）

　　下午从哈密市出发，由南往北穿越天山，明显感受到沿途植被的变化，到白石头处竟然出现了广袤碧绿的草原和成片的松树林，令人惊奇。白石头位于东部天山主峰喀尔里克雪山北麓，距哈密市约 70 公里。在草场和松林间，有一头卧牛般大小的白色巨石，成为著名风景，不知它何以独在，有人说它是"天外来客"（陨石）。绿斑，指在山坡、戈壁等极度干旱地带顽强生长着的爬地松等块状植被。

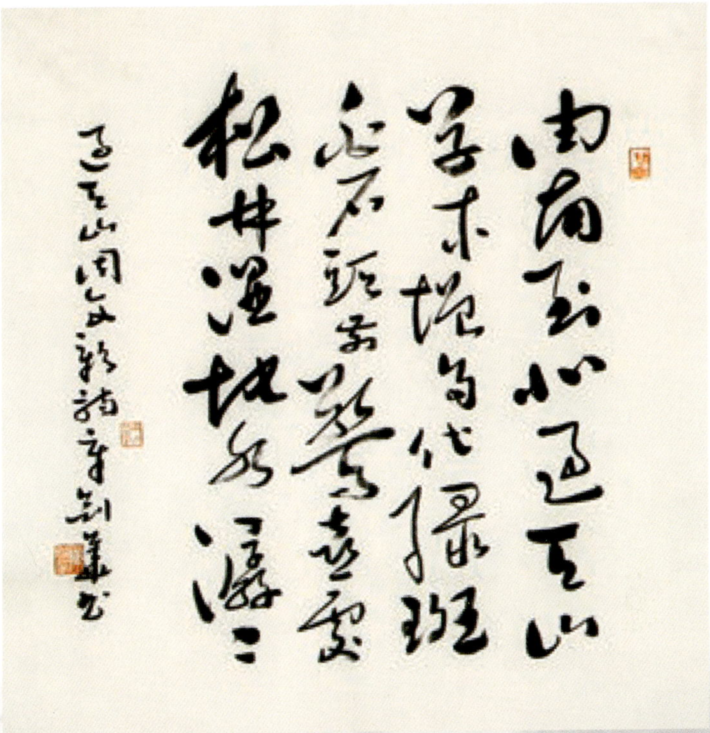

松竹溪地为湾。
忘庐翻新蓦喜

茎术堆积代偃班

南有玉心远去山

乙酉山阴公教诗章剑华书

书家·章剑华
江苏省文联党组书记

35

鸣沙山

细沙五彩自成山，
草地青青四面环。
听任风吹游客踩，
翌晨体貌又回还。

（2015 年 7 月 30 日）

穿越天山去伊吾县，途中经过鸣沙山。鸣沙山有两个奇特之处：人若从山顶滑下，脚下的沙子会呜呜作响；白天人们爬山留下的脚印，第二天竟会痕迹全无。更为神奇的是，多少年来，任凭大风狂吹，鸣沙山与周边草地和谐共处，很少侵蚀草地。

远眺雪山

伫立伊河看雪山，
银光一色隐峰间。
云开亮闪心魂动，
竟想飞身独自攀。

（2015 年 7 月 31 日）

书家·王丹
中国书协副主席

　　清晨在伊吾县城伊河边散步时作。伊吾县总面积 19519 平方公里，两万多人。县城不大，人口不多，但布局整齐，宁静可爱。伊河穿城而过，经过整修，河面宽阔，河水梯度而下，两岸成带状公园，与远处喀尔里克雪山交相辉映。

兰州的山

黄坡裸岭远连天，
座座雄狮伏地眠。
到此方能知广袤，
了无飞鸟与炊烟。

（2015 年 10 月 23 日于兰州中川机场）

　　置身甘肃兰州近郊的黄土高原，才知道什么叫广袤。黄土高原位于中国中部偏北，东西千余公里，南北750千米，海拔1000—2000米，黄土厚50—80米，跨山西、陕西，以及甘肃、青海、宁夏、河南等省的部分地区，面积40万平方公里，是世界上最大的黄土堆积区，也是世界上黄土覆盖面积最大的高原。黄土高原气候干旱，植被稀疏，但夏雨集中，且多暴雨。在长期流水侵蚀下，地面被分割，形成沟壑交错其间的塬、墚、峁，很多形如一只只熟睡的雄狮。

道教茅山

恰逢生日拜三茅，
神像拳心挂蜜巢。
太上真君灵显现，
漫天福气赐同胞。

（2015 年 11 月 14 日）

　　今天，农历十月初三，是三茅真君中大茅的生日。我和老乡李林、李强兄弟来到句容县茅山。三茅真君，即汉代修道成仙的茅盈、茅固、茅衷三兄弟，是道教茅山派的创始者。只见满山笼罩在蒙蒙雾气中，我问是雾霾吗？导游认真地纠正说，不是雾气，是仙气。道教七十二福地，茅山是第一福地。

四季乐园金佛山

观花赏卉在春天，
避暑清凉万竹前。
看叶知秋林染色，
冬来踏雪览冰川。

（2013 年 8 月 10 日）

2013 年 8 月 9—13 日，重庆旅游投资集团有限公司邀我讲"为民务实清廉"，并看看其旗下的景点，为他们写点什么。我看了金佛山、阿依河、青龙洞，然后乘坐他们的长江黄金游轮顺流东下，随游客一起，一路游览了丰都鬼城、白帝城和张飞庙。我没有辜负他们的期望，一共写了诗词 15 首。

金佛山，又名金山，古称九递山，由金佛、箐坝、柏枝三山 108 峰组成，位于重庆南部南川区境内，总面积 1300 平方公里。风景区规划面积 441 平方公里，保护区面积 522 平方公里。主峰凤凰岭（风吹岭），高 2238 米。

金佛山融山、水、石、林、泉、洞为一体，集雄、奇、幽、险、秀于一身。每当夏秋晚晴，斜阳把层层山陡立的侧面映染得富丽堂皇，如一尊尊金身大佛闪耀出万道霞光，异常壮观，"金佛山"也因此得名。

金佛山四季，季季景观旖旎。春赏杜鹃，夏纳清凉，秋揽红叶，冬戏冰雪。如此美妙的景观，只在金佛山。

望海潮·金佛山

龙头雄踞，霞光万道，金佛满眼辉煌。
雄势秀姿，翻云绕雾，峰峦隐露无常。
溶洞画屏藏，寿龟高天卧，昼夜朝阳。
古道崎岖，水奔深谷，汇长江。

生灵万物繁昌。
有参天古木，银杏沧桑。
方竹杜鹃，飞禽走兽，猴熊虎豹争强。
春季艳花香，夏日清风爽，秋染层冈。
冬月银装素裹，滑雪恋人狂。

（2013年8月11日）根据格律，"佛"字处应平。

书家·郭政权
成都市龙泉驿区书协顾问

碧潭幽谷

赏石闻知了，
听泉看碧涛。
瓜凭猴崽抢，
王窜铁笼嚎。

溪中石

水悦流欢唱，
溪中石自悲：
它能随意走，
我动待何时？

（2013 年 8 月 9 日）

　　碧潭幽谷位于金佛山西坡境内，因金佛山悬崖陡峭的地形而形成。峡谷从山顶自上而下婉延曲折十几公里，境内古木参天，老藤纵横，苔藓遍布，潺潺流淌，保持着最古老原始的自然风貌，堪称最古老的自然峡谷之一。

　　金佛山上的野猴子据介绍是景区从外地成群引进放养的，只有猴王被关着，猴孙们也就老老实实地在笼子周围的山上安营扎寨，因常吃游人投放的食品，养成习惯，于是每天清晨下山，日落上山游人逗猴，便成了一个让人开怀的体验。诗中的"王"，即猴王。

峭壁栈道

栈道山崖挂，
行如半壁悬。
妇惊回首跑，
脚似踏深渊。

（2013 年 8 月 10 日）

　　蜀道的奇崛艰险自古就为文人墨客提供了绝好的题材。其间最为著名的当属诗仙李白的《蜀道难》："蜀道之难，难于上青天！"蜀山的突兀、峥嵘、强悍和不可凌越的磅礴气势，让人喟叹"畏途巉岩不可攀"。这就使沿悬崖峭壁修建的栈道成了彰显人类在大自然面前坚毅执着与伟大力量的最好见证。

名山奇峰

金龟朝阳

静卧峰巅上，
情高玉帝妃。
天炎身裹绿，
地冻雪当衣。

金龟之心

俯视诸山小，
观天日不高。
胸中谁最重？
大众是英豪。

（2013 年 8 月 10 日）

  金佛山绝壁西面，海拔 1800—2100 米之间的山沿，有大小两座缓坡山形，大者似椭圆龟背，极为饱满，小者像龟的头部，绝壁形成龟板的边缘，体形硕大，斜日反照，金光闪射，故名金龟朝阳。中国自古有向灵龟膜拜的习俗，民间更有"摸龟头，砌大楼；摸龟嘴，大富贵；摸龟脚，吃不了；摸龟身，大翻身"的谚语。

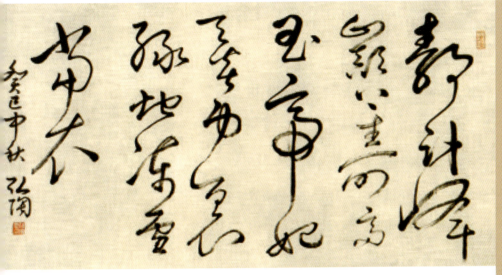

自书《金龟朝阳》

名山奇峰

石树之爱

痴情莽野爱天然，
昼夜缠绵不想眠。
拥抱无言山地久，
同心石树美姻缘。

（2013 年 8 月 10 日）

　　石林是金佛山最具特点和代表性的景色之一，是充满生机与活力的石树共生奇观。莽莽群山树海中，树抱石，石拥树，亲密无间，犹如恋人，让人浮想联翩。

　　岚，山中雾气。

石岚之缘

石稳根环抱，
岚轻漫若仙。
缘投天作美，
好景悦人间。

（2013 年 8 月 31 日，藏头诗　新韵）

方 竹

看似浑圆竹，
摇来却是方。
秋风吹笋嫩，
奇异仗灵光。

（2013 年 8 月 10 日）

　　方竹为"金山五绝"之一，与银杉、银杏、大叶茶、杜鹃王树同属国家一类保护植物。

　　金佛山方竹有棱有角，看起来似方非方，似圆非圆，但用手触摸，其杆呈椭圆形棱角。常言道"雨后春笋"，但金佛山方竹笋却是"雨后秋笋"。

青龙洞游

青山藏宝贝，
龙住小河边。
洞里谋福祉，
游人富万年。

（2013年8月10日，
藏头诗　新韵）

自书"青龙洞"

青龙洞是天然的大溶洞，位于重庆市彭水县阿依河峡谷峭壁上，正在开发中，今年9月对游人开放。重庆旅游投资集团有限公司董事长王永树陪我入洞时，我看到了摆放齐备的文房四宝，我边看洞边想着题写的内容。回到洞口，挥毫写下了这首藏头诗。

阿依河，发源于贵州省务川县分水乡，向东北蜿蜒而入彭水县境，最后注入乌江，全长13公里。经重庆旅游投资集团有限公司开发，阿依河漂流已成为吸引八方游客的游乐项目。"阿依河"三字是我写的。

阿依河峡深谷高，河床狭窄，礁石遍布，河水清幽而景色绝美。漂流河上，沿途可见各种各样的峡谷地貌：有状若擎天的石笋、嬉戏的猴群、庄严的石佛、深不可测的溶洞、貌似罗汉的石笋。

古老的杜鹃

历世千年久，
花开艳满山。
稀奇非灌木，
树壮可登攀。

（2013 年 8 月 10 日）

杜鹃花，又称"映山红"，雅称"山客"，与山茶花、仙客来、石腊红、吊钟海棠合称"盆花五姐妹"。落叶或半常绿灌木，高达2—3米。

　　金佛山作为我国野生杜鹃花的荟萃地，在69种杜鹃花中，乔木杜鹃就有33种，近50万株，其中高达12米，胸围3.7米的"杜鹃王"更是金佛山杜鹃花中的极品。

　　每年4月底到5月下旬，"人间四月芳菲尽"的时候，金佛山杜鹃始盛开。不同品种的杜鹃花开遍山野，缀满林中，人在花海中漫游，心花与杜鹃花一齐绽放。

澳洲蓝山三姑娘峰

蓝山三姐妹，
傲立壁崖边。
肚大身连体，
新潮美女仙。

（2012 年 11 月 4 日）

　　澳大利亚蓝山景区树林茂密，基本上看不到露出石头的山峰，褐色的"三姑娘峰"如同天外来客。有这样一个传说：一位部落的长老在抵抗外来侵略者时，为了保护三个女儿的安全，暂时把她们变为三座山峰。不幸的是，长老在战斗中英勇牺牲，三姐妹也就无法还原到人间。在当地，三姐妹峰象征着抵抗外来侵略者的英雄化身。

澳洲蓝山索道

连峰空客挂，
往返两山间。
透过玻璃底，
心听谷水潺。

（2012 年 11 月 6 日于惠灵顿）

　　蓝山位于悉尼西面，面积达 100 万公顷，整个山脉被森林覆盖，其中大部分是澳大利亚的国树——桉树。阳光照射在桉树叶上，使得油分与水分一起蒸发，与空气中的微尘混合后，在光线的作用下形成独特的蓝色薄雾。远远眺望，山峦缥缈虚幻，蓝光微乏，蓝山由此得名。

　　蓝山国家公园于 2000 年被列入自然类世界遗产，公园中生长着庞大的原始丛林和热带雨林，动物品种达 400 种之多。前几天，我利用周日，应徐家爱同学过去同事的约请，带着我们去游览了蓝山。

　　游览蓝山不能不坐索道车，这种索道车是南半球唯一的水平缆车，架在两座山峰之间，在黄色缆车车厢内，既可以从侧窗观赏蓝山美景，也可以透过车厢玻璃地板观看 300 米深的峡谷美景。由于缆车是水平移动，游客会有移步换景的感觉，也因为速度不快，可以从容地摄影摄像。

55

名
山
奇
峰

游天门山遇雨

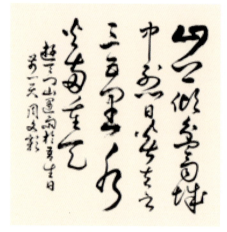

自书《游天门山遇雨》

山上倾盆雨，
城中烈日煎。
去之三五里，
水火两重天。

（2012 年 7 月 31 日）

　　天门山，是张家界永定区海拔最高的山，因自然奇观天门洞而
得名。山顶相对平坦，保存着完整的原始次生林，有着很多极为珍
贵和独特的植物品种，森林覆盖率达 90%。其间古树参天，藤蔓缠绕，
青苔遍布，石笋、石芽举步皆是，处处如天成的盆景，被誉为世界
最美的空中花园和天界仙境。2012 年 7 月 22 日中午，法国轮滑大
师让伊夫·布朗杜挑战天门山。
　　我们一行顶着山下炎热的阳光，登上索道，来到天门山山顶。
极目四望，大自然的鬼斧神工之美，尽收眼底。不料天上突然乌云
滚滚，风雨交加，随身携带的雨伞无济于事。我们立刻以每件 8 元
的价格，每人买了一件塑料雨衣，将自己包了个严严实实。
　　游毕，乘索道原路返回。令人惊讶的是，山下依然赤日炎炎，
无论风还是雨，都没有光顾。几乎是瞬间，我们感受到了山上山下
水火两重天的奇妙，怎能不令人唏嘘赞叹？

叁　莽原湖海

周文彰诗词选

江布拉克

云杉翠绿半山头，
麦地金黄耀眼球。
租借骑车连叹怪，
上坡堪比下坡牛。

（2011 年 8 月 20 日）

　　江布拉克，地名，是哈萨克语，意为"圣水之源"，位于新疆奇台县半截沟镇，总面积 48 平方公里，以天山怪坡、万亩旱麦田等景闻名，是我国最早、最完整的绿洲文化之一。

　　我们在天山天池吃完午饭就往江布拉克，到达时已近傍晚时分。下车时，那漫山遍野的旱麦田极具震撼力地展现在眼前，柔和的阳光下，满眼的金黄散发着无尽的温暖与舒心，让人的疲惫一扫而空，不愧为中国最美的田园。江布拉克有一个传统，每到耕种时节，人们在山坡上撒下麦种，从此靠天吃饭，不再过问，直到夏季麦收。所以这里的旱田产量极低，但胜在真正的纯天然。

　　8 月的江布拉克已是麦收季节，收割后整齐金黄的麦桩与翠绿的草甸牧场、山间云杉形成鲜明的对比，羊儿在草场漫步，一派田园风光。

　　最让人称奇的是此地的怪坡，坡长290米，2004年被录入世界吉尼斯纪录。怪坡，怪就怪在，你骑车上坡，本该使劲蹬踩，这里却犹如下坡，自然滑行；骑车下坡，本该自然滑行，这里却要像上坡一般使劲蹬踩。驾驶汽车也是如此。我们一行人租了一辆自行车在此开心体验，离开后一路的话题尽是怪坡之"怪"。我乘兴在车上成诗一首。

草原比美

浩渺呼伦姿色美，
天蓝地绿马牛嬉。
红装艳丽穿梭会，
猴虎兼身可比谁？

（2010 年 8 月 19 日）

初进草原

茫茫绿毯望无边，
棉絮团团布满天。
稀世龙床谁设计？
呼伦贝尔大神仙。

（2010 年 8 月 19 日）

莽原湖海

我们乘车穿越呼伦贝尔大草原。这是我第一次看见如此广褒美丽的草原。只见蓝天下飘着一团团白云，路两边是无垠的绿色。一群一群马牛羊尽情地吃草，妻子兴奋得不时下车，身着大红风衣到马牛羊群中拍照。她生性活泼好动，从而赢得"猴子"的绰号，可又偏偏长着两只虎牙，我笑她为"猴虎一身"。我坐在车里，一口气写了这两首七言绝句。

原稿"马牛肥"，出韵了，黄荣生老师改为"马牛嬉"。原稿"似无边"，潘衍习老师改为"望无边"。

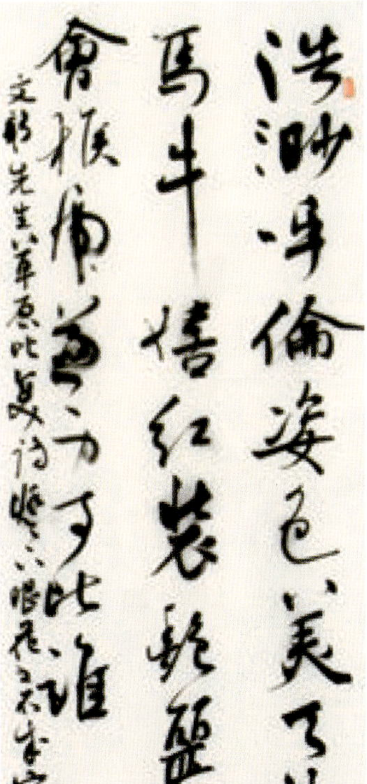

洪渺身价姿色美了蓝地绿
马牛骄红装乾丽宁校
禽候偏气力了此谁
文彩先生革命此意何慨心情光知室宇 薰風

书家·陈洪武
中国书协分党组书记、驻会副主席

61

敦煌雅丹

似海如原又像峦，
无名舰队守边安。
多情孔雀迎宾客，
变幻随缘是雅丹。

（2011 年 7 月 16 日）

2011 年 7 月，我到敦煌参加全国管理哲学年会，并为敦煌市领导干部讲课。市委领导安排我参观了玉门关外的雅丹国家地质公园。

雅丹是一种典型的风蚀地貌，又称风蚀垄槽。在极其干旱的地区，一些干涸的湖底开裂，风沿着这些裂隙吹蚀，裂隙愈来愈大，使原来平坦的地面发育成许多不规则的背鳍形垄脊和宽浅沟槽，这种支离破碎的地面称为雅丹地貌。

走进敦煌雅丹国家地质公园，宛如进入了一座神奇的自然迷宫，各种造型的雅丹地貌变幻出不同的姿态，有的像乘风破浪的大型舰队，有的像狮身人面像，有的像孔雀，引人入胜，令人惊叹。当地人告诉我，雅丹是大自然的雕塑杰作，你看它们像什么就是什么。

本诗初稿第一、二、四句用的韵字分别是"山""关""丹"但按平水韵分属两个韵，现改用"峦""安""丹"；同时，初稿为"无敌舰队"，按古音，敌是入声，而此处应该是平声，现改为"无名舰队"。

似海如原又像山岳名

艦隊宇遷安多情孔

雀迎宾家变幻随

缘是雅丹

同公聚先生诗 癸巳春 刘恒

书家·刘恒
中国书协理事、中国文联书法艺
术中心主任

63

生命礼赞

戈壁骄阳似火烧，
干蒸少雨草枯焦。
令人感叹梭梭树，
挺立沙洲满绿条。

（2011 年 8 月 20 日）

　　什么叫地广人稀？到了新疆才对这个词有更切身的感受。从新疆的古海温泉往乌鲁木齐的路上，一路戈壁，看不到路的尽头，满眼的黄沙硬土，唯一间或映入眼帘的便只有一株株似草非草、似树非树的植物，当地叫它梭梭材。

　　梭梭材是一种长在沙地上的固沙植物，为大灌木或成灌丛状，"沙漠人参"、名贵中药苁蓉就寄生在梭梭材的根部。梭梭材皮呈浅灰色或灰褐色，喜光，耐高温（43℃），也耐严寒（-40℃），适应大气干旱和土壤干旱，能在年降水量 25—200 毫米的荒漠土壤上存活。垂直根系可深达 5 米以下，水平根系可达 10 米以上，多分上下两层，上层根系一般分布于地表，下层根系集中在 2—3 米范围内。耐盐，可在含盐量 1—2％的土壤中生长良好，耐盐临界范围为 4—6％。

　　无边的戈壁滩上，高温、高寒、高盐，在这生命禁区，一株株梭梭材傲然挺立，不禁让人感慨生命的顽强。

　　原稿首句为"戈壁无垠坦展平"，潘衍习老师指出："坦展平"属语义反复，且第一、二句均含"无"字，不好。于是，我把全诗彻底改写了。

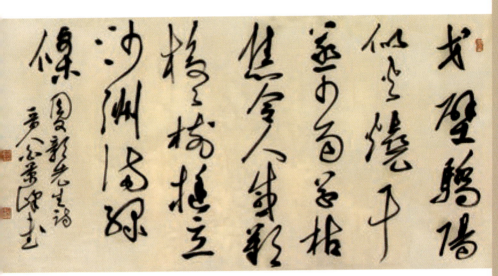

书家·白景峰
中国书协理事、国际交流工作委员会秘书长

莽原湖海

夜色云龙湖

平湖似镜水晶莹，
彩带如虹伴月明。
小径蜿蜒穿翠柳，
轻盈健步赏风情。

（2012 年 8 月 16 日）

云龙湖随感

静谧湖边柳，
波澜岸上心。
云珠滋玉女，
龙水润皇林。

（2012 年 8 月 16 日）

　　云龙湖有个和其美景不太相称的旧名"簸箕洼"，又名"石狗湖"。改革开放以来，徐州人民为提高城市功能，改善投资环境，开发打造了云龙湖风景区，于是云龙湖的面貌和名字一样剖石见玉，光彩照人了。

　　2012 年暑假，我应徐州市机关工委之邀，前往授课，憩于云龙湖畔酒店。晚饭后沿着长满高大柳树的湖畔小道散步，远处横贯湖面的大堤长桥，被五彩霓虹灯装扮得如同一条彩带；挂在天上的明月和繁星，映在平静的湖面上。一湖碧水既滋养了美貌动人的徐州姑娘，也滋润了曾经创造历史辉煌的西汉王朝，汉朝的开国皇帝刘邦以及被他打败的西楚霸王项羽就出生在徐州。想到这儿，不禁心潮澎湃，步履轻快起来。

平湖如镜醉梦星轮转

如虹彩桥月映水涟漪涟滟

碧柳堤园健步览风情

福周乡贤先生

七十寿辰之雲龙湖游一○○七东民

书家·吴东民

中国书协副主席、海南省文联巡视员、海南省书协主席

湖　幻

又见云龙舞，
星辰抖落湖。
金银铺水面，
漾起散归无。

（2013年1月3日）

　　元旦去南京看望岳母，返京途中在彭城下动车，途经云龙湖，只见湖水四周建筑物被轮廓灯勾勒得鳞次栉比，湖水在灯光映照下波光粼粼，真是夜色美景！景生情，情扮景，情景交融，于是有了湖幻。

喜联盟

云遮雾罩日搬兵，
龙帅应声速请缨。
湖水翻腾掀细浪，
驱霾净宇喜联盟。

（2013年8月4日）

　　今乘G101次高铁赴宁，想起前方就是让我流连的云龙湖，不由诗兴即起。车窗外浓雾加灰霾，触发我对优化生存环境的期盼。

书家·吴莹

西泠印社理事、浙江省书协
副主席、中国印学博物馆常
务副馆长

大龙湖

大汉彭城起，
龙袍始洛阳。
湖中西楚泪，
霸气别疆场。

（2014 年 11 月 8 日）

到徐州出席"第三届行政文化论坛"，晚饭后在当
地好友唐健陪同下沿大龙湖散步得句。汉高祖刘邦出生
于徐州，古称彭城，在洛阳登上皇位，后迁都长安。

云龙湖冬景

冰封湖面出奇观，
细浪成雕鬼斧难。
玉冻晶棱精巧缀，
彭城喜赏百年寒。

（2016 年 1 月 26 日）

一早，友人发来冰封云龙湖的微信，美不胜收，于
是我在校园散步作成此诗。

莽原湖海

大庆三永湖

康宁荡漾碧波摇，
乐意融融溢栈桥。
福寓通红中国结，
湖区无处不妖娆。

（2016 年 1 月 31 日）

　　应《大庆书法教育报》征稿而在校园散步吟就。三永湖，是大
庆众多湖泊中的一个，系自然形成。三永湖，大庆人解释为永康、
永乐、永福，故诗以"康乐福湖"藏头。

大庆鹤鸣湖

波光水影映天都，
美鸟低徊客觊觎。
飘逸花裙红一点，
闲溜丹顶鹤涂摹。

（2012 年 6 月 10 日）

黑龙江省大庆市境内的鹤鸣湖，因一个美丽的传说而得名：一位当地的渔民在捕鱼时救了一只受伤的丹顶鹤，经过精心护理，这只丹顶鹤伤愈重返大自然。丹顶鹤念念不忘人对它的恩情，在人们居住的村庄即将遭受洪水的时候飞回村庄，盘旋空中声声啼鸣，人们在它的指引下而免受灾难。

6 月的鹤鸣湖，水草新绿，鱼肥湖清，云影天光。我们乘一叶扁舟畅游于芦苇荡间，惊起鸥鸟一片。丹顶鹤、灰鹤、大雁、白鹭等上百种鸟类在这片湿地栖息繁衍，怡然自得。轻舟驶入芦苇荡深处，我们见到了好多鸟窝，看到了窝里的鸟蛋，看到了刚跟鸟爸爸、鸟妈妈学飞的小鸟，于是惊喜而又小心地摁下了快门……带走照片，带走回忆，道一声：打搅了鸟爸、鸟妈；感慨一声：北国石油之城竟然还有如此一处湿地胜景。

书家·张杰 中国书协理事、中国书法研究院院长、中国书协中央国家机关分会副会长

73

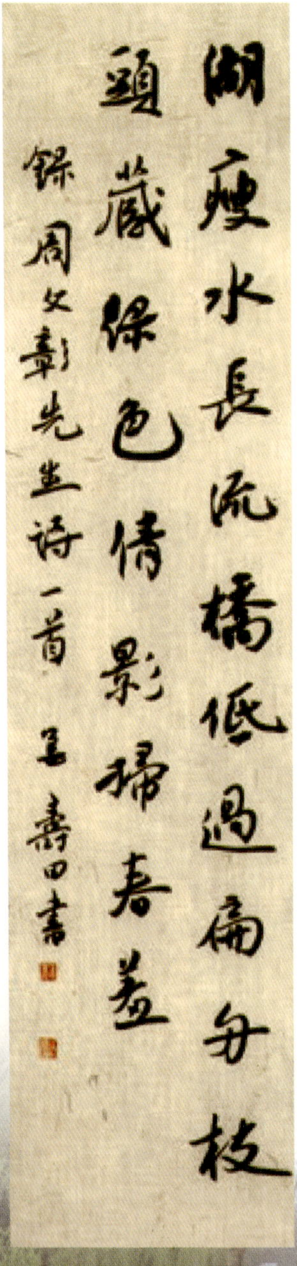

莽原湖海

书家·姜寿田
中国书协学术委员会委员、
《书法导报》副总编

瘦西湖留影

湖瘦水长流，
桥低过扁舟。
枝头藏绿色，
倩影扫春羞。

（2013 年 2 月 13 日正月初五）

　　瘦西湖其实是扬州城外一条较宽的河道，原名保扬湖。面积480多亩，长4.3公里。原是唐罗城、宋大城的护城河遗迹，南起北城河，北抵蜀冈脚下。明清时期，许多富甲天下的盐业巨子纷纷在沿河两岸，不惜重金聘请造园名家擘画经营，构筑水上园林。乾隆极盛时期沿湖有二十四景：卷石洞天、西园曲水、虹桥览胜、冶春诗社、长堤春柳、荷浦薰风、碧玉交流、四桥烟雨、春台明月、白塔晴云、三过流淙、蜀冈晚照、万松叠翠、花屿双泉、双峰云栈、山亭野眺、临水红霞、绿稻香来、竹市小楼、平冈艳雪、绿杨城廓、香海慈云、梅岭春生、水云胜概，被誉为"两堤花柳全依水，一路楼台直到山"。康熙和乾隆两位皇帝均六次南巡来此，对这里的景色赞赏有加。

　　瘦西湖的名称，来源于乾隆年间寓居扬州的诗人汪沆的一首感慨富商挥金如土的诗作："垂柳不断接残芜，雁齿红桥俨画图。也是销金一锅子，故应唤作瘦西湖。"瘦西湖的特点是湖面瘦长，蜿蜒曲折，"十余家之园亭合而为一，联络至山，气势俱贯"。

　　1973年9月，我带着乡村民办教师的粉笔灰和家乡泥土的芳香进入扬州师范学校读书，我家乡是扬州属下的一个县。两年后我留校任教，直到1978年3月考入南京大学哲学系。在扬州，我和妻子相识相恋，瘦西湖见证了我们的爱情进程，从而成了我们此后屡屡深情重访之地。

　　这次正月初五，瘦西湖畔，天气还很寒冷，树都是光秃秃的，但丝毫不影响我们对家乡春意的感受。

　　"扫春羞"，即一扫春的羞涩。

莽原湖海

登鸟岛

芦丛列队笑相迎，
飞艇轻盈破水行。
待等踏桥登鸟岛，
游禽起落伴鸣声。

中华秋沙鸭

游弋成双对，
忠贞不觅芳。
盖因毛羽艳，
屡被叫鸳鸯。

（2013年8月1日）

沙湖湿地

沙丘静卧碧波中，
绽放芦花舞惠风。
百鸟悠闲频戏水，
奇观湿地赛江东。

（2013 年 8 月 1 日）

    沙湖距宁夏银川市 56 公里，总面积 82 平方公里，其中水域面积 22 平方公里，沙漠面积 12.7 平方公里。

    这是一处融江南水乡与大漠风光为一体的生态旅游胜地，为国家级旅游风景区。沙湖，南沙北湖，湖光沙色，候鸟成群，芦丛如画，沙、水、苇、鸟、山五大景源有机结合，既有江南之灵秀，又有塞上之雄浑，美轮美奂。

    中华秋沙鸭是中国的特有物种，有"鸟类中的大熊猫"之称，是第三纪冰川期后残存下来的物种，距今已有一千多万年，与华南虎、滇金丝猴、大熊猫齐名，属于中国特一级重点保护鸟类。

    中华秋沙鸭作为鸭科动物，却一反常态地喜欢上树，筑巢的树洞距离地面一般超过 10 米，奇特的习性让它显得尤为神秘。据说，中华秋沙鸭对爱情十分忠贞，严守一夫一妻，出入总是成双成对，加上体型及羽毛与鸳鸯相近，很多人常常把它们当作鸳鸯。

莽原湖海

新疆看荷

花红叶绿出泥淤，
杆上莲蓬水里鱼。
戈壁滩头稀罕景，
荷花竞放五家渠。

（2011 年 8 月 17 日）

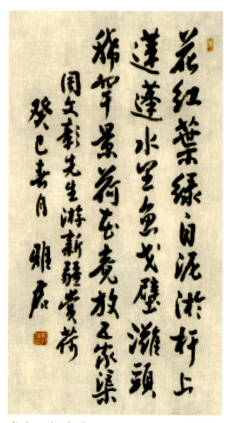

书家·郭雅君
第四届中国书协秘书长、分党组副书记

　　2011 年 8 月，新疆生产建设兵团行政学院和农六师安排我们参观五家渠青格达湖。青格达湖拥有 17 平方公里水域、10 平方公里湿地，是乌鲁木齐地区周边唯一的湿地自然保护区，有"首府之肾"的美誉。

　　来到青格达湖边，500 亩荷园跃入眼帘，粉荷映日，莲叶接天，清风拂面，馨香满怀，让人心旷神怡。所谓"江南可采莲，莲叶何田田"，一提起荷花，首先让人想起江南，没想到新疆戈壁竟也有如此胜景，不禁让人感慨一代代兵团人在此付出了多少的辛劳与汗水。

　　李昊新老师把原来的"稀罕事"改为"稀罕景"。

雨游岳阳芙蓉国里

雨打青荷响，
雷鸣艳蕊开。
游船窗敞亮，
扑面醉香来。

（2012 年 8 月 3 日）

　　芙蓉国里君山野生荷花世界，原名团湖公园。团湖位于湖南岳阳境内，原是洞庭湖的一个港汊，经过多年的围垦治理，成为"湖中之湖"。2009 年君山区被国家林业局授予"中国野生荷花之乡"称号。

　　景区现有荷花面积 5500 多亩，被纳入洞庭湖水禽栖息地保护项目、野生莲保护项目和东洞庭湖湿地公园。2010 年 7 月，上海大世界吉尼斯总部授予君山野生荷花世界为"最大面积的野生荷花成片聚生地"。

　　芙蓉国里有"千里荷花荡"的美誉，每年夏季，荷花盛开，莲蓬脱颖而出，此时泛舟莲湖，穿行于荷叶之中，可一边观赏荷花，一边采莲，爽身清心，怡然自乐。

　　我把此诗发给黄荣生老师，他回短信说：此诗乃写景咏物的一首好诗，作者眼光独到，观察入微，虽天气恶劣，雷鸣雨打，但池中荷花依然烂漫。作者心情也不为天气而减游兴，而是心花怒放。全诗运用正反两方面的景物描写，宛如一幅风景的水墨画，真是：诗中有画，画中有诗！

今日长江

猿声骤止叹高楼，
破浪迎风酣畅游。
自古长江多纤号，
游轮盛世代轻舟。

（2013 年 8 月 12 日晨）

书家·徐燕
中国书协会员、江苏省书协副秘书长

长江黄金系列游轮，共 7 艘，由重庆旅游投资集团有限公司投资 20 亿元建造。它们是漂浮在江面上的五星级酒店，拥有超大江景露台客房、行政客房、总统套房、商业步行街、名小吃店、雪茄吧、网络会所、图书吧、儿童乐园、桑拿中心、中西医疗馆、水疗会馆（SPA）、旋转大厅、多功能大厅、直升机停机坪、露天游泳池、模拟高尔夫、大型影剧院兼同声传译会议厅等各种商务娱乐休闲设施，并配有 4 部观光电梯，也是内河邮轮首次配停机坪。

我乘坐的长江黄金 2 号邮轮，2012 年 5 月 15 日开始商业载客运行。邮轮长 149.95 米，宽 24 米，高 6 层，总面积超过 1.8 万平方米，客房总数 216 套，最大载客可达 570 人，1.7 万吨级，设计航速 26km/h，总投资 1.8 亿元，是长江上第五代万吨级豪华游轮。它犹如一座移动的水上宫殿，更像一座美丽的旅行城市。

"朝辞白帝彩云间，千里江陵一日还。两岸猿声啼不住，轻舟已过万重山。"长江两岸几千年来看惯了小木船的猴子们，突然间看到江面上飘来这么一座庞然大物，当然惊叹得叫不出声来。

骤 冷

出舱风刺脸，
寒气透心凉。
笑我多衣者，
无言抖一旁。

（2012 年 11 月 6 日）

　　11 月，北京已是冬天，而澳大利亚则是从春天走向夏天。为防意外，我既带了夹克，还带了风衣。于是班主任殷红霞笑我带多了。今天，从澳大利亚去新西兰，在悉尼登机时，天气热得可穿短袖，而在惠灵顿落地后，刚走出机舱门，仿佛进入了冬天。我穿上风衣，夹克则被笑我多带衣服的她派上了用场。

悉尼海边

海阔并无涛，
鸥鸣近水翱。
悬崖高壁上，
古树竞风骚。

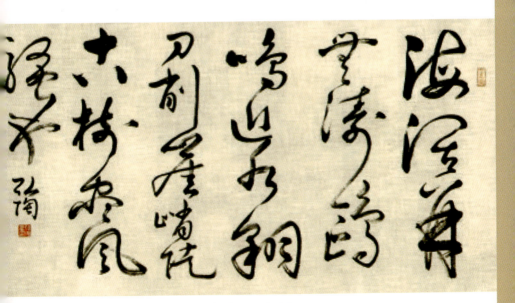

自书《悉尼海边》

池　塘

青波飘倒影，
叶落漾涟漪。
密语鸳鸯鸟，
凭池不散离。

（2012 年 11 月 10 日于法尔斯教授家）

　　周末，澳新政府学院为高研班安排了一堂社会调研课，名曰"家访"，即到菲尔斯院长家里去。实践证明，这堂课对于我们了解澳大利亚社会和家庭很有价值，也密切了师生之间的关系。

　　菲尔斯院长早就告诉我们，他家有一个后花园，大而且美，说得我们期盼一睹为快。家访这一天，车在中途停下，他招呼大家：请下车，他家花园到了。我们高兴地向园里走去，迎面一块招牌：墨尔本皇家植物园。这个园子就在他家旁边。我们被他幽默了一把，个个开怀大笑。

　　皇家植物园建于 1845 年，是澳大利亚最好的植物园之一。花园以 19 世纪园林艺术布置，内有大量罕有的植物和澳大利亚本土特有的植物。植物园占地 40 公顷，园内至今留着上个世纪的一些建筑。

　　植物园的一大特色是，有许多著名澳大利亚和外国历史名人亲手种下的纪念树：如英国侦探小说家柯南道尔、英国女王伊丽莎白二世的丈夫爱丁堡公爵、泰国国王普密蓬等等。

　　园中有一池塘，如镜的池面上飘着一对鸳鸯，勾起了我的诗情。朋友读后发信来说：青波流倒影，流的动态将倒景的静态揉皱，动静相生；叶落漾涟漪，漾出水波天地，画面绝美。

等企鹅回巢

痴闻潮卷浪，
静叹海鸥多。
万里千余客，
寒中等企鹅。

（2012 年 11 月 10 日于墨尔本菲力普岛）

　　墨尔本东南 120 多公里有一个岛，叫菲利普岛。这是世界上唯一的小企鹅自然保护区，因此也称企鹅岛。企鹅岛面积 30.6 平方公里，栖息的企鹅则数以万计，它们早出晚归，早上到深海觅食，晚上成群结队游回，上岸归巢，成为独特景观，这个岛因此而成为墨尔本的旅游热点。澳新政府学院极少安排观光游览活动，但企鹅岛是活动之一，可见这个景点的地位。

　　据导游介绍，每只企鹅都装上了芯片，今天企鹅到岸的时间是8点。我们7点20分就坐在了海边的观众席上。尽管我们有思想准备，穿上了带出国的全部衣服，还是感觉寒冷，冷得怕落座，但还有40分钟干嘛呢？写诗吧！

企鹅回巢咏叹

结伴登岸，各自回家

勤劳本分小精灵，
妻室留巢子幼龄。
早起劈波寻美味，
迟归斩浪养家庭。
出行别送悲如逝，
回返相迎灿若星。
终日奔忙游百里，
沙滩登陆误差零。

（2012 年 11 月 11 日墨尔本酒店）

莽原湖海

　　生活在菲利普岛的企鹅，是世界上最小的企鹅，重约 2 公斤，平均身高仅有 37 厘米，相当于南极企鹅身高的一半。小企鹅的生活很有规律，清早游到海里觅食，入夜则准时返岛归巢。小企鹅平均每天在海水中游 10 至 50 公里，最多的游 100 多公里。

　　企鹅群落的夜归景观堪称世界一绝，无论是潮涨潮落，每天傍晚企鹅登陆的时间能够精准到秒。大批的回巢企鹅历尽辛苦，用吃进肚里的办法带回美味，成双成对地在巢穴洞口相互亲吻，没有迎到配偶的小企鹅孤苦零丁地守候在巢前洞口，不时来回走动张望，发出凄惨的哀嚎和呼唤，苦苦期盼着伴侣的归来，那情景让我们看得心酸难过。据说失偶的企鹅将不吃不喝，直到饿死倒毙，情感纯真，令人悲怜。

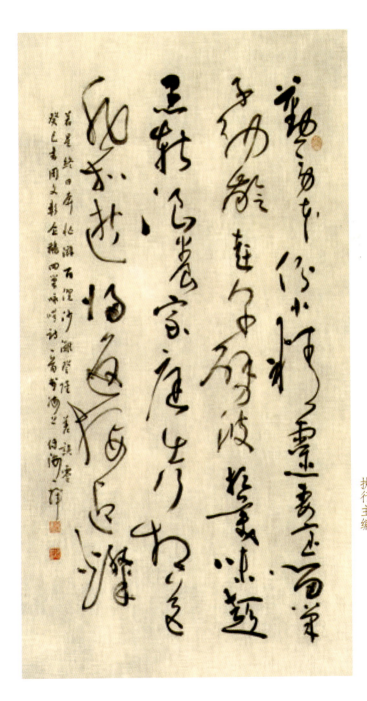

书家・胡传海
中国书协学术委员、《书法》杂志
执行主编

博斯普鲁斯大桥

一桥跨越亚欧洲，
贯海通洋引浪鸥。
古垒平添如虎翼，
孰能与彼竞风流。

（2011 年 5 月 25 日）

　　2011 年春天，我来到有着悠久历史的土耳其。博斯普鲁斯大桥位于伊斯坦布尔，建造于 1968 年，1973 年正式通车。大桥全长1560 米，桥的两头各有一呈"门"字形的桥塔，水中不设桥墩，整个桥身用两根粗大的钢索牵引，每根钢索由 11300 根 5 毫米的钢丝拧成，支撑整个桥面。大桥正中有一道白线，白线以东是亚洲，以西是欧洲。桥面可以并排行驶 6 辆汽车，如果桥上停满汽车，西岸桥塔就要向里倾斜 86 厘米，东岸桥塔则倾斜 90 厘米。一刮大风，大桥会左右摆动一两米。不过这都没有什么危险。这座大桥是欧亚第一大钢索吊桥，也是世界上第四大吊桥。

　　博斯普鲁斯大桥将古老的土耳其欧亚两地的国土紧紧地联系在一起，似乎是它搂紧了欧亚两大洲。从桥头看岸边，遍布着古色古香的楼宇和穹顶尖塔的清真寺，静静地诉说着这个国家的历史与文明。

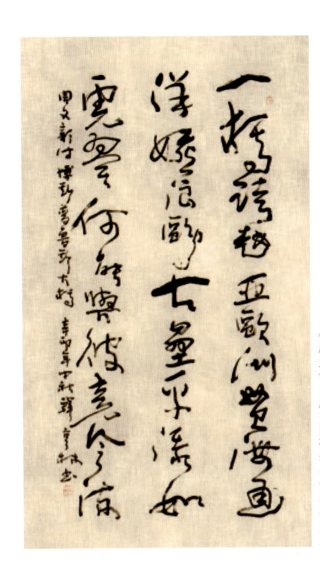

一桥飞跨亚欧洲�画
洋媛something七里水深洄
云霧something

甲又新竹something齊亨林書

书家·韩亨林 中国书协原理事、维权鉴定工作委员会原主任、原中国硬笔书协名誉主席

肆 名城胜迹

北京精神赞

爱国豪情激万家，
创新园地绽奇葩。
包容互谅怀天地，
厚德霖甘润物华。

（2012 年 9 月 7 日）

北京地铁一号线王府井站

　　北京地铁精神文明建设办公室与中国书法名家联合会主办"全国书画名家精品展"，邀请我参加。我以北京精神的"爱国、创新、包容、厚德"藏头，创作了一首《北京精神赞》。

名城胜迹

彭城偶感

公差数度过彭城，
念古思今百感生。
谁讲从来分楚汉？
合缘志趣有真情。

（2012 年 7 月 1 日）

彭城，即今江苏徐州的旧称。我曾数次出差徐州，念古思今，时常百感交集。

徐州是汉高祖刘邦、南唐烈祖李昪、南朝宋武帝刘裕、后梁太祖朱温的故里，有"九朝帝王徐州籍"的美誉。楚汉时期，著名的彭城之战，项羽以弱敌强，获得空前的胜利。楚汉相争四年，曾划定楚河汉界，似乎寓意着楚汉之间有难以逾越的鸿沟。

然而，人并非生来就存隔阂或对立。人应该而且完全可以和谐相处，而志同道合的友人真情，将跨越时空，长存于世。

夜游泉城

画舫清泉上，
垂杨俏岸边。
华灯喷五彩，
丽拱过云烟。

（2012 年 9 月 25 日）

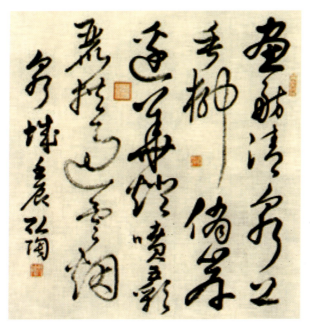

自书《夜游泉城》

    壬辰秋月傍晚，我们乘坐画舫游览泉城济南。当晚我成诗一首，并随手书就，不日发于《济南日报》。报道摘要如下：

    本报 9 月 26 日讯（记者 王端鹏）趵突泉持续 9 年喷涌魅力无限，荡舟护城河品味大美秋景，美丽泉城华姿初显，赢得了社会各界的高度关注和交口称赞。日前，国家行政学院副院长周文彰在济南考察时有感而发，挥笔写下五绝诗《夜游泉城》，以此表达对今时今日济南美景的赞美。

    周文彰（笔名弘陶）在诗中写道："画舫清泉上，柳枝俏岸边。华灯喷五彩，丽拱过云烟。"全诗描写了游客乘坐画舫游船夜游泉城美景的所见所闻所感所悟，字里行间流露出对泉城美景的无限留恋和赞美，诗中的"喷"字不仅形象描述了护城河岸边景观照明的灯光烘托效果，更是契合了趵突泉持续喷涌 9 周年这一重要事件。

    原句"柳枝俏岸边"，李景新老师改为"垂杨俏岸边"。

文 登

东巡千古事，
乐道万家人。
士屡名金榜，
文登学蕴真。

（2012年8月6日）

　　文登市位于山东半岛东部，隶属于威海市。文登依山傍海，风光秀丽，名胜颇多。被誉为"海上仙山之祖"的昆嵛山，不仅幽美，还是道教全真派的发祥地。

　　公元前219年，秦始皇东巡至此，召文人学士登山吟诗作赋，留下文人登山的美传，为人所乐道，文登亦因此而得名。随着秦皇汉武多次巡行，文登的政治影响日益扩大，文化教育事业也日益发达，孕育了诸多高士名流，特别是东汉郑玄长期在此讲学育人，形成了"东鲁学风"。文登人崇文重教读书求学成风，自隋至清，有百余人中进士，荣获"文登学"的美誉。

今日吉安

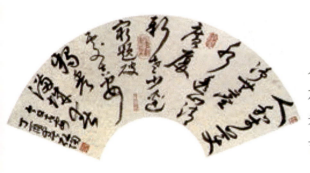

人和市美净无尘，
水秀山青广厦新。
老少边穷题破处，
吉安独秀满城春。

（2012 年 9 月 9 日）

　　吉安是井冈山精神的诞生地，井冈山就在吉安市境内。吉安旧称庐陵，古文化深厚。在改革开放新时期，吉安人民弘扬革命精神，走出老区，发展新路，旧貌换新颜，令余感慨成句。

　　吉安山清水秀，风景如画，城市洁净。近年来，吉安加大对科技和技术密集型企业的投资力度，经济发展迅速，多个重点高科技产业园成为吉安经济的强大引擎，电子信息产业被作为支柱产业予以重点培育。吉安的巨大变化，改写了"老少边穷"这个在中国流行了数十年的概念。

迷人三亚

碧波浩瀚水连天，
椰树婆娑在眼前。
最让崖州名世者，
如花世姐动心弦。

（2011 年国庆节）

　　三亚，古称崖州，地处海南岛最南端，是我国唯一的热带滨海旅游城市。三亚汇集了阳光、海水、沙滩、森林、动物、温泉、岩洞、田园等风景资源，拥有全海南岛最美丽的海滨风光。在这里，可以欣赏碧波荡漾浩瀚无垠的大海，可以看到迎风摇曳、婆娑多姿的椰树，更可以踏上平坦柔软、洁白细腻的沙滩，看云，观海，品椰汁，在沙滩上小憩，真是惬意无限。

　　自 2003 年第 53 届世界小姐总决赛在三亚市举办以后，2004 年、2005 年、2007 年、2010 年四届世界小姐总决赛均落户三亚，三亚成了名副其实的"选美之都"。

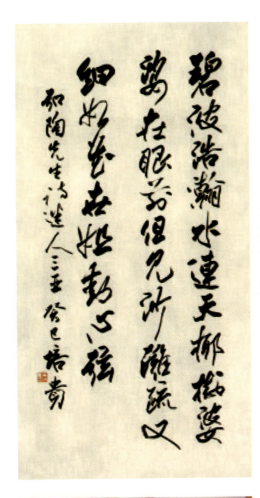

书家·叶培贵，中国书协理事，首都师范大学教授、博导，九三学社中央委员

英雄华沙

凝眸环顾古城中，
感慨萦怀敬意融。
弹炸楼平人不倒，
华沙再造傲枭雄。

（2011 年 5 月 24 日）

  波兰首都华沙，在第二次世界大战中遭到严重破坏，80—90%
的建筑在战火中消失，整个城市到处是残垣断壁，一片焦土。但战
争胜利后的华沙人民，按原有的城市，复原每一条街道，修复和整
饰 900 多座具有历史意义的建筑物，古城城门及城墙上的每一块砖，
都是由当年的华沙人从战后废墟中亲手拾起的。这使华沙城市形象
得以完整重现。

  漫步于浴火重生的华沙古城中，我真切地感受到华沙人民的不
屈与伟大。炸弹将城市夷为平地，但无法磨灭华沙人民的坚强斗志，
昔日的宫殿、教堂、城堡更加巍峨壮观，彰显着波兰人民永不屈服
的英雄气概。

堪培拉

陆克文先生接受作者书法礼品

天蓝树壮景如图，
富氧轻飔爽老夫。
道路平宽车马少，
街区洁静路人孤。
前朝总理翻文稿，
今日相姑战众儒。
政客纷争参议院，
孩童嬉戏镜平湖。

（2012 年 11 月 11 日于墨尔本酒店）

　　堪培拉是澳大利亚的首都，联邦政治中心，然而人口稀少，商业清淡，热闹时分街上几乎不见行人。旁听议会辩论，前总理陆克文在议席最后一排自顾看材料，而现任女总理吉拉德频繁登台回答反对党议员提出的质疑。

　　等我校改本诗集时，陆克文前两天又当澳大利亚总理了。

　　等我再度校改时，澳大利亚总理又换人了。

　　等我今天（2013 年 11 月 14 日）看清样时，陆克文宣布退出政坛了。

名城胜迹

书家·周用金
中国书协原理事、中南大学、湖南师范
大学书法专业硕士生导师

悉　尼

隆冬华夏澳芳春，
妩媚阳光沐绿茵。
铁拱雄姿惊客叹，
银帆倩影映天巡。
圣堂坐地迎新众，
巨塔扶云俯海滨。
古树枝繁松鼠悦，
机灵小眼惹人亲。

（2012 年 11 月 6 日）

　　悉尼是澳大利亚新南威尔士州首府，澳大利亚最大的城市和港口。悉尼可算是一座国际化大都市，是世界主要旅游胜地之一，以海滩、歌剧院和港湾大桥等闻名。

　　悉尼歌剧院是 20 世纪最具特色的建筑之一，也是世界著名的表演艺术中心，已成为悉尼市的标志性建筑。歌剧院 1973 年落成，它特有的船帆造型，与周围景物相映成趣。

　　著名的悉尼海港大桥，是一座号称世界第一单孔拱桥的宏伟大桥，它像一道横贯海湾的长虹，巍峨俊秀，气势磅礴，与悉尼歌剧院隔海相望，成为悉尼的象征。圣玛丽教堂和悉尼塔坐落在海德公园两侧，均闻名世界。

书家·张学群
中国书协原理事

墨尔本

春光初照峭寒多，
景色盈窗憾缺荷。
落日映红哥特塔，
朝阳扮靓雅阿河。
如风脚步穿梭路，
似箭皮船动感歌。
学府群楼雄对岸，
繁星灯火闹飞蛾。

（2012年11月15日作于墨尔本飞北京航班）

名城胜迹

墨尔本是澳大利亚第二大城市，是素有"花园之州"之称的维多利亚州首府，城市绿化面积高达40%。墨尔本也是澳大利亚的文化重镇和体育之都，全澳乃至亚太地区的经济和商业中心城市之一。

雅拉河是澳大利亚维多利亚州中部偏东的一条河流。1835年人们在它的下游建墨尔本城。雅拉河发源于雅拉山，沿雅拉谷向西流242公里，进入今天墨尔本都市地区所在的平原。

墨尔本朗廷酒店1431房间宽敞明亮，窗外即是典雅的雅拉河，维多利亚大学高低起伏错落有致的建筑群耸立在河对岸，十分壮观。

诗中的脚踏即山地自行车，皮划指皮划艇，墨尔本市民们早上沿河健身，成为一道亮丽风景。夜晚簇拥在高空光线中的鸟儿们，小得就像飞蛾。

书家·韦克义
中国书协原理事、广西壮族自治区书协原主席

新西兰

洋环四面罕遭涝，
特产天然美誉高。
蜂蜜甜醇雄世界，
海鲜生猛踏波涛。
羊生皮草谋功业，
矿保珍稀锁地牢。
政府清廉贪腐少，
多开美酒缴官袍。

（2012 年 11 月 11 日于墨尔本 LANGHAM 大酒店 1431 房）

新西兰为太平洋岛国，气候宜人，养殖业发达，海产品、羊毛
制品、蜂蜜制品等产量大、品质高，为其重要出口商品。矿藏丰富，
但不多开采且出口谨慎。上世纪 80 年代以来推行改革，绝少腐败
丑闻。只发生过个别因学历造假、接待时因多喝两瓶葡萄酒而被迫
辞职者。

洋環四面軍運港特
產天然美譽高蜂蜜
甜蒔雄去界海鮮生
猛踏波濤羊生皮革
建功業碩保珍稀理
地宰政府清廉賣腐
少多鳴美酒瓚官袍

周天彩詩新西蘭
歲在辛未春嘯書

书家·李啸
中国书协理事、江苏省书协副主席、江苏省书法院院长

乌 镇

金秋游古镇，
极目览珍奇。
岁月涂楼宇，
时光粉故祠。
河心船竞走，
水面鲤争嬉。
更有高风在，
令余久不离。

（2012 年 10 月 14 日）

  乌镇，地处浙江省嘉兴桐乡市（县级市），是典型的江南水乡古镇，虽历经 200 多年沧桑，仍完整地保存着原有晚清和民国时期水乡古镇的风貌和格局。尽管水阁、桥梁、廊坊、骑楼、石板路、木雕和石雕打上了岁月的烙印，但仍看出当年构思巧妙，工艺精湛。泛舟河上，微风吹拂，河中红鲤争相嬉戏，让我感到无限生机。乌镇有许多高人，文学巨匠茅盾、著名作家孔另境、中共首任女保卫部长王会悟……都让我敬佩不已，久久不愿离开这个人杰地灵之镇。

  诗中原为"更有茅王孔"，对此，李景新老师批曰："茅王孔"此三字如果不加注，读者感到不理解；如果加注，读者会感到这样的合称有拼凑之嫌。我意改为"高风在"或"雅风在"，虚化一些，再加个小注，说明乌镇有许多高人风范，如茅、王、孔等，这样既有诗意，读者又了然。我欣然接受了这个意见。

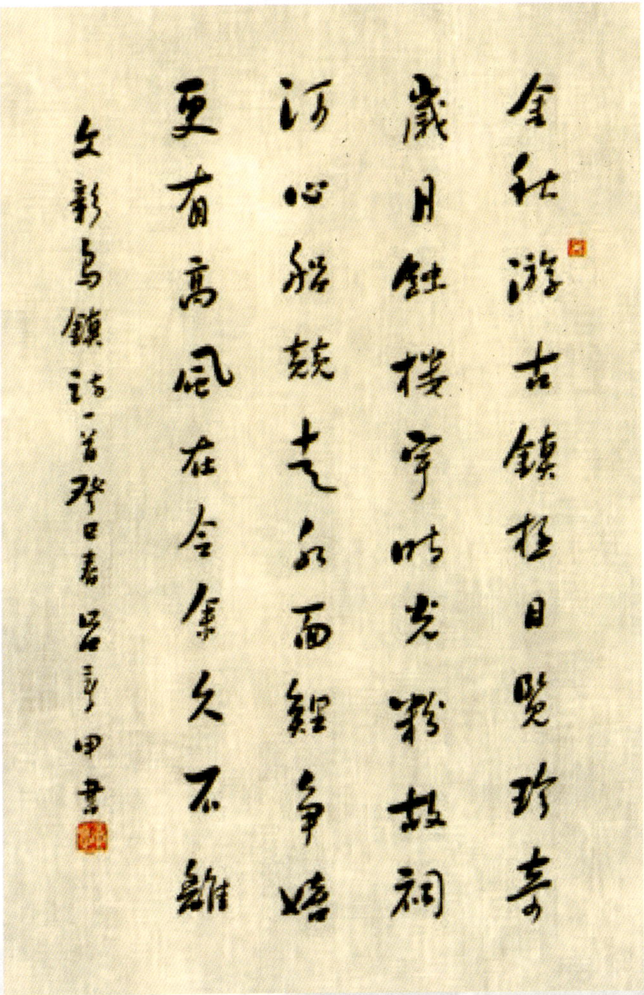

金秋游古镇极目览珍奇

岁月钻楼宇时光彩故祠

河心船竞走水面鲤争嬉

更有高风在合众久不离

文影乌镇诗一首 癸巳春 吕章申 甲书

书家·吕章申
中国书协原理事、全国政协委员、中国国家博物馆馆
长、中国建筑文化研究会会长

昆山巴城镇

巴城闸蟹冠阳澄，
勇士尝虫美食兴。
翰墨香浓昆曲美，
农家子弟太空升。

（2011年8月2日）

名城胜迹

巴城镇，隶属于江苏省昆山市，位于风景秀丽的阳澄湖畔，已有2500年建置历史，传说春秋吴越两国争斗时，吴王为了预防越国的进攻，在姑苏城的周围筑起了12个庄严的小城，巴城就是其中之一。巴城镇东邻上海，西连苏州，区域面积157平方公里，常住人口6.3万人，是昆山市第二大镇。

巴城镇由美丽的阳澄湖、优雅的巴城湖、秀丽的鳗鲤湖、威严的傀儡湖、精致的雉城湖五湖团团相抱，所以享誉全国的阳澄湖大闸蟹，巴城为最。传说第一个吃螃蟹的人叫巴解，正是这位勇士的敢作敢为才使得横行怪异的"夹人虫"成为人间美食。

2001年5月18日，联合国教科文组织宣布，中国昆曲为首批"人类口头和非物质遗产代表作"。作为人类艺术的一枝奇葩，昆曲产生于以江苏昆山为中心的娄江流域，而巴城镇是昆曲的最早发源地。巴城镇人酷爱书法，民间高手众多，我这首诗就是在参加该镇笔会时构思的。

神州六号航天员费俊龙是巴城镇人，从小在阳澄湖畔长大，18岁高中毕业考上飞行员，成了一名航天英雄，使这个美丽的江南小镇再度引人瞩目。修改时经钱秋霞老师提示，有了"农家子弟太空升"一句。

【网文】第一个吃螃蟹的人：巴解

相传几千年前，人类的祖先已经在江南的陆地上定居栖息，从事捕捞水产和农垦耕作，一代又一代含辛茹苦地创建出一个鱼米之乡。由于江南地势低洼，雨量充沛，经常闹水灾，有时虽然丰收在望，可是，江湖河泊里却冒出了许多爱朝亮光爬行的甲壳虫，双螯八足，形状凶恶，不时闯进稻田里吃谷粒，还用犀利的螯伤人。荆蛮先民吓得畏如虎狼，称这种虫为"夹人虫"，不等太阳落山，就早早关上大门。

后来，大禹到江南开河治水，派壮士巴解到水陆交错的阳澄湖区域督工，带领民工开挖海口河道。入夜，工棚口刚点起火堆，谁知火光引来了黑压压的一大片"夹人虫"，一只只口吐泡沫像湖水汹涌而来．大家赶紧出来抵挡，工地上激起了一场人虫大战。不多时，"夹人虫"吐出的泡沫，直把火堆湮息，双方在黑暗中混战到东方发白，"夹人虫"才纷纷退入水中。可是好多民工被夹伤的夹伤，被夹死的夹死，血肉淋漓，惨不忍睹。

"夹人虫"的侵扰，严重妨碍着开河工程。巴解寻思良久，想出了一个办法，叫民工筑座土城，并在城边掘条很深的围沟，天晚后城上升起火堆，围沟里灌进沸腾的开水。"夹人虫"席卷过来，就此纷纷跌入沸水沟里被烫死。沟里虫的尸体越积越多，便用长挠钩起来，继续灌放开水作战。烫死的"夹人虫"浑身通红，堆积如山，发出一股引人开胃的鲜美香味。巴解闻着后，好奇地取过一只，把甲壳瓣开来一闻，香味更浓。他想：味道喷香扑鼻，肉不知能不能吃？便大着胆子咬了一口．谁知牙齿轻轻嚼动，嘴里感觉味道鲜透，比什么东西都好吃。巴解越吃越香，一下把一只"夹人虫"嚼到肚里，接着又吃一只。大家见他吃得津津有味，胆子大的民工也跟着吃起来，吃后无不大喜说："大家来吃'夹人虫'，味道香极了！"于是，民工们都随手俯捡而食，把一大堆"夹人虫"全都消灭到肚子里。当地的百姓获悉后，也纷纷捉拿"夹人虫"吃，很快又传遍四面八方。从此，先民们都不怕"夹人虫"了，被人畏如猛兽的害虫一下成了家喻户晓的美食。

大家为了感激敢为天下先的巴解，把他当成勇士崇敬，用解字下面加个虫字，称"夹人虫"为"蟹"，意思是巴解征服"夹人虫"，是天下第一食蟹人。巴城出产的阳澄湖大闸蟹，由此而名扬四方，久享盛誉。

113

名城胜迹

博鳌小镇

蓝天碧海清，
椰韵伴涛声。
独占鳌头镇，
轻赢世界名。

（2012 年 11 月 2 日）

　　海南是中国最大的经济特区和唯一的热带岛屿省份。充分发挥海南的区位和资源优势，建设海南国际旅游岛，打造有国际竞争力的旅游胜地，是海南加快发展现代服务业，实现经济社会又好又快发展的重大举措。

　　海南岛海水清澈，沙细如粉，绿树成荫，空气清新，五指山、万泉河等景观名扬四方。国际旅游者喜爱的阳光、海水、沙滩、绿色、空气这五个要素，海南环岛沿岸均兼而有之。特别是博鳌亚洲论坛永久落户万泉河入海口的博鳌小镇，使海南岛举世皆知，发展国际旅游更具条件。

下司古镇

清江古镇水长流，
翘角房檐木板楼。
惜字民风凝石塔，
接官礼节见亭舟。
莲心桥上听钟鼓，
会馆堂前展戏喉。
渡口台阶多过客，
状元脚印驻千秋。

（2016 年 9 月 22 日）

　　下司古镇是贵州黔东南州麻江县与凯里市襟水相邻的一个乡镇。嘉庆 13 年（公元 1808 年），下司被辟为商埠，到民国时发展为闹市，有水陆码头，是黔东南重要物资集散地。

　　当时镇上商贾云集，马帮成群结队，商号、货栈、会馆、餐馆遍布街巷，彻夜营业，被誉为"小上海"。现在两岸大街还保留着清乾隆四十四年（1779）修建的条石铺砌成扇形的 30 余米的石级大码头和小码头，保留着古建筑禹王宫、观音阁以及古居民、古巷道。据说，夏同龢当年就是从这里的码头走出去的，被传为美谈；他考中状元，并且成为中国第一个以状元身份留学的人，到日本攻读工业和经济，学成后回国。

名城胜迹

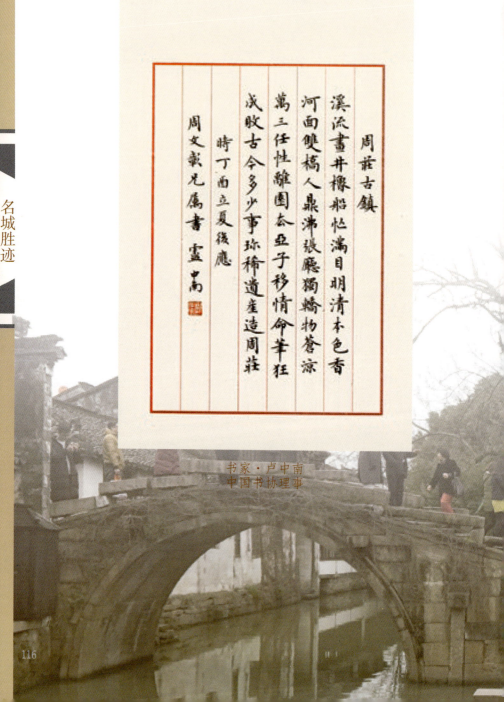

周庄古镇

溪流畫井櫓船怡滿目明清本色香
河面雙橋人鼎沸禳廳獨嬌物蒼涼
萬三任性雛園态丑子移情命羊狂
成敗古今多少事珍稀遺產造周莊

時丁酉立夏後應

周文彰兄屬書　盧中南

书家·卢中南
中国书协理事

周庄古镇

溪流画井橹船忙，
满目明清本色香。
河面双桥人鼎沸，
张厅独轿物苍凉。
万三任性离园去，
亚子移情命笔狂。
成败古今多少事，
珍稀遗产造周庄。

（2015 年 3 月 19 日）

　　周庄古镇在江苏省苏州昆山市，是名副其实的江南水乡，小河成"井"字型在庄子里纵横交错，游客们坐着清一色的小船以橹为动力，在河心穿梭来往。

　　双桥，由石拱桥和石梁桥组成，始建于明朝万历年间，桥面一横一斜，桥孔一方一圆，造型别致，是周庄的标志性建筑。

　　园指沈万三故居。沈万三是明代江南最大富商，据说南京城墙三分之一由他出钱资助修建。由于不当显富，被皇帝朱元璋流放云南。张厅原是中山王徐达弟弟的宅子，后卖给了姓张的大户，故名。

　　上世纪 20 年代初，柳亚子、陈去病等人四次在周庄迷楼饮酒赋诗，后以《迷楼集》流传于世。

锦溪古镇

莲池倒映柳枝条，
湖荡金波野鸟飘。
小巷星罗博物馆，
河滩密布古砖窑。
廊桥四季遮风雨，
水冢千年涌爱潮。
十眼蛟龙呼玉帝？
悠扬宣卷报灵霄。

（2015 年 9 月 7 日）

名城胜迹

　　锦溪位于苏州昆山市，成名已有两千多年。古镇原有一溪，晨霞夕辉，尽洒江面，满溪跃金，灿烂若锦带，所以得名锦溪。南宋建都临安时，宋孝宗的宠妃陈妃偏爱锦溪山水，死后水葬于此，锦溪便改名陈墓 800 余年，直到 1993 年才恢复锦溪名。

　　锦溪湖荡密布，四面环水，历来有"金波玉浪"之称，如今仍然一派如诗如画的水乡风貌。若隐若现的陈妃水冢，风铃悦耳的文昌古阁，蛟龙卧波的十眼长桥，精彩纷呈的各类民间博物馆，全国首创的古砖瓦博物馆，以及"三十六座桥，七十二只窑"的传说，令中外游客流连忘返。

　　宣卷，意为宣讲宝卷，起源于唐宋时期的佛教活动，后来逐渐发展成为一种说唱形式，盛行于江浙沪一带。锦溪宣卷被列入江苏省第一批非物质文化遗产名录扩展项目。

　　灵霄宝殿是古代汉族神话传说中玉皇大帝的宫殿名。在《西游记》中，孙悟空大闹的天宫，就是灵霄宝殿，为玉帝面见朝臣的地方。

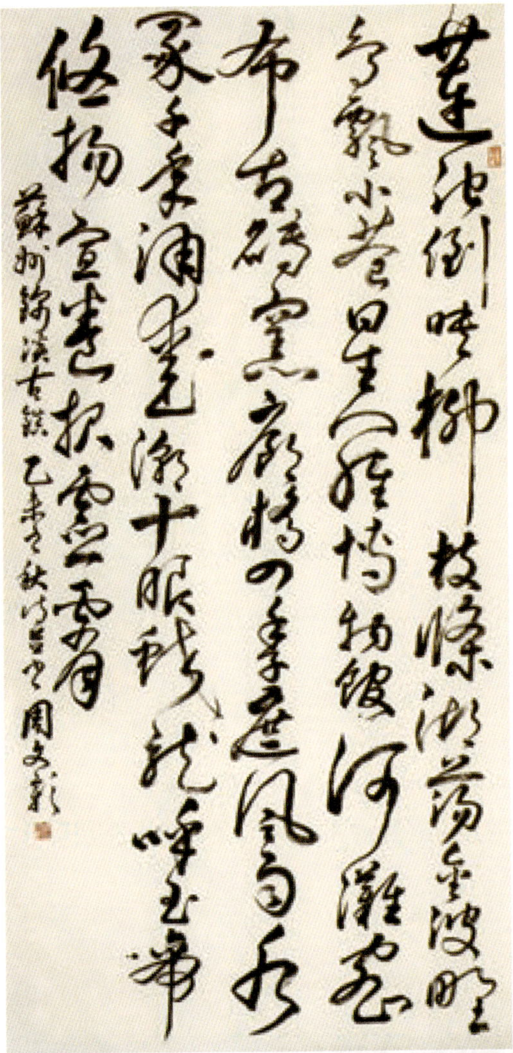

莲池倒映柳枝条，湖荡金波映
夕阳，小巷里（……）短桥桥横跨
布古桥窖庭桥（……）莲风（……）
家（……）涌（……）十眠（……）龙峰玉带
倚（……）宜（……）拟云雾霭

苏州（……）溪古镇
乙未之秋（……）周文彰

千灯古镇

秦峰宝塔耸云天，
石板明街罩雨烟。
千盏油灯燃久远，
三株老树共婵娟。
文思立世崇炎武，
戏曲开篇敬顾坚。
玉佛通灵延福寺，
江南古镇续新缘。

（2015 年 3 月 19 日）

　　江苏昆山千灯镇已有 2500 多年的历史。主题灯展汇集了从新石器时代到今天的上千盏油灯。明代杰出思想家、文学家顾炎武，是千灯人；昆曲，作为中国戏曲的共同源头，是 600 多年前由顾坚在千灯开创的。古刹延福寺 32 吨重的卧佛由整块缅甸玉雕琢而成，被载入吉尼斯记录，给这个古镇增添了新的魅力。

书家·毛国典
中国书协副主席、江西省书协主席

河口古镇

钟鸣鼓响聚游家，
丝路关衙备马茶。
驿站情深留远客，
三河古镇赏朝霞。

（2015 年 3 月 17 日）

名城胜迹

河口古镇隶属兰州市西固区。河口即三河口，为黄河、庄浪河、
湟水河三条河的交汇口，三河在此并为一河——黄河。河口村古称
庄河堡，千百年来都是兰州的水路咽喉之地，也是古丝绸之路上的
物资集散中心。时代的变迁，交通工具的多样化、快捷化，使河口
古渡失去了优势，逐渐没落，繁华不再。眼下的古镇基本属于重建。
关衙，即海关，这是当年甘肃境内的首家海关；驿站，古时专供传
递文书者或来往官吏中途住宿、补给、换马的处所。

安仁小镇

洋楼款款秀军僚，
民国风情满路桥。
花伞争辉皆锦绣，
旗袍斗艳尽妖娆。
铁雕泥塑千秋训，
公馆庄园一代枭。
岁月留痕藏博物，
中华壮士荡心潮。

（2015 年 12 月 20 日）

　　四川大邑县安仁镇，现存建筑多建于清末民初时期，尤以民国年间刘湘、刘文辉等刘氏家族的公馆最多。当时的刘氏家族枭雄辈出，军长、师长、旅长，还有四川省主席和战区司令长官，县团级以上军政官员近 50 人，素有"三军九旅十八团，营长连长数不完"的说法。这些公馆典雅大方、中西结合，成为"川西建筑文化精品"。

　　安仁镇现存文物的价值和规模、拥有博物馆的数量，在全国小镇首屈一指，被授予"中国博物馆小镇"称号。

　　中国壮士群雕广场，矗立着 216 位抗日名将的铁雕像，令人震撼。

观岳阳楼

名楼扬万古，
美赋越时空。
谁解其中妙？
乐忧昭大公。

（2012 年 8 月 3 日）

岳阳楼耸立在湖南省岳阳市西门城头，紧靠洞庭湖畔，与江西南昌的滕王阁、湖北武汉的黄鹤楼并称为江南三大名楼。岳阳楼的建筑构制独特，风格奇异，气势壮阔，是江南三大名楼中唯一一座保持原貌的古建筑。楼体为四柱三层，飞檐、盔顶、纯木结构，金碧辉煌。远远望去，恰似一只凌空欲飞的鲲鹏，建筑艺术价值无与伦比。

岳阳楼始建于公元 220 年前后，不只建筑精巧，而且还是一个集对联、诗文及民间故事为一体的艺术世界。12 块檀木板组成的木雕屏篆刻着《岳阳楼记》全文，各种对联悬于四壁。其中有一副长达 102 字的对联，上联为："一楼何奇？杜少陵五言绝唱，范希文两字关情，滕子京百废俱兴，吕纯阳三过必醉，诗耶？儒耶？吏耶？仙耶？前不见古人，使我怆然涕下！"下联为："诸君试看：洞庭湖南极潇湘，扬子江北通巫峡，巴陵山西来爽气，岳州城东道崖疆，渚者，流者，峙者，镇者。此中有真意，问谁领会得来？"

以楼为楼，只见楼；以心为楼，见乐忧。岳阳楼之所以名扬千古，得益于范仲淹的《岳阳楼记》。《岳阳楼记》之所以超越时空，被后世传诵，概因一句"先天下之忧而忧，后天下之乐而乐"震撼了世人。

书家·张继
中国书协理事、中国石油书
协副主席、四方印社社长

名樓揚勝古美賤
銖時宜誰解其中
妙樂晨昭大公

名城胜迹

乔家大院

砖雕寓意诚，
照壁亮双睛。
大院迷人处，
家规六不行。

（2012 年 8 月 10 日）

乔家大院位于山西省祁县乔家堡村，北距太原54公里，是清代著名商业金融资本家乔致庸的宅第。它布局严谨，设计精巧，是一座宏伟壮观的建筑群体。从高空俯视似一个象征大吉大利的"囍"字。大院形如城堡，三面临街，四周全是封闭式砖墙，高三丈有余。

整个大院共有砖雕艺术300多件，厚重豪放，内涵丰富，淋漓精致地体现了乔家大院主人的道德理想和内敛、谦和的处世哲学。

乔家大院另一个迷人之处在于它严格的家规家训，其中即有闻名的乔家六条家规：不纳妾，不赌博，不嫖娼，不吸鸦片，不虐仆，不酗酒，即本诗所说的"六不行"。对子弟严格的约束和训导，也使乔家能够立于商界，兴盛五代之久。

照壁，是中国传统建筑特有的部分，明朝时特别流行。一般设置在大门内作为屏蔽物，古人称之为"萧墙"。著名的照壁有故宫的九龙壁、中南海新华门内的"为人民服务"照壁等。乔家大院内的每一个照壁都是一件精雕细琢的艺术品，令人眼睛一亮。

杏花村

漫步杏花村，
亲闻美酒纯。
奈何喝草药，
闭口不沾樽。

（2012 年 8 月 11 日）

　　酒都杏花村，位于山西省汾阳市城北，以汾酒闻名天下，有"中华白酒第一村"的称号。早在一千五百多年前的南北朝时代，这里的杏花村酒已闻名国内。而且，历代的杏花村都以酿酒、酒文化闻名。盛唐时，这里以"杏花村里酒如泉""处处街头揭翠帘"而成为酒文化的古都。晚唐著名诗人杜牧《清明》诗中写道："清明时节雨纷纷，路上行人欲断魂。借问酒家何处有？牧童遥指杏花村。"诗中的"杏花村"到底是指何地的杏花村，众说纷纭，但杏花村因此而更令人向往则是毫无疑问的。

　　因汾阳市委市政府邀我讲课，我得缘来到心仪已久的杏花村，置身于美酒醇香的佳境中，却因抱恙而不能亲口品尝酒的甘甜与醇香，实为憾事！

晋 祠

唐槐夸历史，
宋殿醉当年。
笑坏周朝柏，
谁能抢我先！

（2012 年 8 月 10 日）

　　晋祠，原为晋王祠（唐叔虞祠），为纪念晋（汾）王及母后邑姜而兴建，位于山西太原市西南悬瓮山麓的晋水之滨。祠内有几十座古建筑，环境幽雅舒适，风景优美秀丽，素以雄伟的建筑群、高超的塑像艺术闻名于世，是集中国古代祭祀建筑、园林、雕塑、壁画、碑刻艺术为一体的唯一而珍贵的历史文化遗产，也是世界建筑、园林、雕刻艺术陈列馆。周柏唐槐、宋代彩塑、难老泉被誉为"晋祠三绝"。

　　周柏唐槐是"晋祠三绝"之首。卧龙柏，西周所植，距今已有3000 多年的历史，树高 18 米，树围 5.6 米，主干直径 1.8 米，向南倾斜 45 度，形似卧龙。感叹于这位见证了数千年历史，几番朝代更迭的"老者"至今仍浓荫疏影，苍劲挺拔，想这唐槐、宋殿也只能甘拜下风吧？

　　这真是"树多就是美景，树老就是历史、就是文化"啊！

唐槐凭吊更宗贶残碑
原客坊间颜柏清劲瘦

家光

周玉龙兄正 甲申秋一九黄君过三晋
毕竟伏日大热难耐

书家·黄君
中国书协学术委员、中华诗
词学会理事、北京华夏翰林
文化艺术研究院院长

名城胜迹

湖北有文武赤壁之说。文赤壁位于黄州，又称东坡赤壁，是因苏东坡在此吟颂了千古绝唱《念奴娇·赤壁怀古》而得名；武赤壁位于赤壁市（原蒲圻市），是三国时期著名的赤壁之战的遗址。

苏东坡的《前赤壁赋》和《后赤壁赋》享有盛名，但便于传诵的还是他的词《念奴娇·赤壁怀古》，我习书后写的第一幅除夕长卷，便是《念奴娇·赤壁怀古》。此次终于得缘亲临东坡赤壁，却不曾想已是景物皆非，沧海桑田，江河改道，乱石穿空不见，惊涛拍岸不再，当年的长江古道，赤壁崖下，只剩方塘一亩（右图），沙洲一片，芳草萋萋，杨柳依依……怀古伤今，当真是"故国神游，多情应笑我"啊！

2010年，我学书7年，已完成了7幅除夕长卷。在国家行政学院党委的支持下，我在国家行政学院书画研究院举办了"周文彰除夕书法作品展"，马凯等领导同志参观了展览，张海主席莅临指导。沈鹏先生在展览的序中赞道："书法展览看过不少，但以某特定时间节点的书法作品办展，似不多见。周文彰除夕书法作品展的特色就在于此……这是一个创意。"

追　寻

草书除夕念奴娇，
从此思看拍岸潮。
岂料洪魔江改路，
惊涛故道长青苗。

（2012年10月20日）

游东坡赤壁

赏词思赤壁，
寒食念东坡。
两赋千秋诵，
闲言大难多。

（2012年10月20日）

草书除文盲如妈从头
巴乡指岸
潮生水料港
魔江玫陇鹜
陵故道长
青苗

文敏先生足尹诗
一首抄於癸巳春月
姜昆

书家·姜昆
著名相声表演艺术家

赤壁随想

赤壁魏吴争，
输赢万世评。
一家和乃贵，
内斗总伤情。

（2012 年 10 月 21 日）

　　赤壁之战，是指东汉末期，刘备、孙权联军于建安十三年（208）在长江赤壁（今湖北赤壁西北）一带大破曹操大军，奠定三国鼎立基础的以少胜多的著名战役。这是中国历史上以少胜多的著名战争之一，是三国时期"三大战役"中最为著名的一场。它也是中国历史上第一次在长江流域进行的大规模江河作战，标志着中国军事政治中心不再限于黄河流域。最后以火攻大破曹军，曹操北回，孙刘双方亦各自夺去荆州的一部分结束。

　　赤壁战场遗址现已投入巨资，得到修建开发，接待游客。面对这里一派和谐与宁静，我怎么也不能把它与当年那场惨烈的"火烧"之战联系在一起。

大雁塔

日丽去春寒，
清心祭圣坛。
高僧藏典处，
经世佑长安。

（2013 年 2 月 22 日）

　　大雁塔又名大慈恩寺塔，位于陕西省西安市南郊大慈恩寺内，原称慈恩寺西院浮屠（浮屠即塔的意思），是唐朝佛教建筑艺术杰作。

　　大雁塔建于唐代永徽三年（652），玄奘法师为存放从西域所取经像舍利而建造此塔。大雁塔是楼阁式砖塔，塔通高 64.5 米，塔身为七层，塔体呈方形锥体，由仿木结构形成开间，由下而上按比例递减。塔内有木梯可盘登而上。每层的四面各有一个拱券门洞，可以凭栏远眺。整个建筑气魄宏大，造型简洁稳重，比例协调适度，格调庄严古朴，是保存比较完好的楼阁式塔。在塔内可俯视西安古城。

　　大雁塔是西安市的标志性建筑和著名古迹，是古城西安的象征。因此，西安市徽中央所绘制的便是这座著名的古塔。民间人士道："不到大雁塔，不算到西安。"

　　唐代诗人岑参曾在诗中赞道："塔势如涌出，孤高耸天宫。登临出世界，磴道盘虚空。突兀压神州，峥嵘如鬼工。四角碍白日，七层摩苍穹。"大雁塔的恢宏气势由此可见。

　　我去参观大雁塔，恰逢西安春光明媚，一扫往日的寒气。

扬州个园

万竹轻摇细雨中，
尘消翠滴杆微躬。
富商过往知何去，
闲客如今赏个风。

（2007 年春）

　　个园，扬州一处典型的私家住宅园林，由清代嘉庆年间两淮盐商黄至筠在明代"寿芝园"的旧址上扩建而成。

　　个园以竹石取胜，园名中的"个"字，取竹字的半边，也是竹叶的外形，主人名"至筠"，"筠"亦借指竹，所以名"个园"。

　　我游览个园，恰逢春雨淅沥。雨中个园，竹叶格外苍翠。当年的富商早已不在，个园主人也不知换了多少茬。流连园中，颇有"人面不知何处去，翠竹依旧笑春风"之感。当年的私家园林，如今已成游客观光赏竹的胜地。

134

白鹿洞书院

白鹿书香继圣贤，
风骚独领上千年。
修身治国平天下，
我辈传承梦正圆。

（2013 年 9 月 13 日）

    白鹿洞书院位于庐山五老峰南麓，始建于南唐升元年间（940），是中国首间完备的书院，与岳麓、睢阳、石鼓并称天下四大书院。四大书院中，白鹿洞书院享有"海内书院第一""天下书院之首"的美誉。

    相传白鹿洞书院在唐代时为李渤兄弟隐居读书处。李渤养有一只白鹿，终日相随，故人称白鹿先生。后来李渤就任江州（今九江）刺史，旧地重游，于此修建亭台楼阁，疏引山泉，种植花木，成为一处游览胜地。由于这里山峰回合，形如一洞，故取名为白鹿洞。至五代南唐升元年间，曾在此建立"庐山国学"，这算是白鹿洞书院的前身。宋代初年，经扩充改建为书院，并正式定名为"白鹿洞书院"。

    白鹿洞书院累经兴废。至南宋淳熙六年（1179），著名的理学家朱熹出任南康太守（治所在今九江星子县地），经他竭力倡导，重建了白鹿洞书院。朱熹为书院亲订洞规并讲学。《白鹿洞书院教条》不但体现了朱熹以"格物、致知、诚意、正心、修身、齐家、治国、平天下"等一套儒家经典为基础的教育思想，而且成为南宋以后中国封建社会七百年书院办学的样式，也是教育史上最早的教育规章制度之一。

名城胜迹

自书《白帝城》

白帝城

妇幼皆知处，
寻无白帝身。
托孤悲四海，
一句乐凡尘。

（2013 年 8 月 13 日）

　　白帝城的名称，最早出现于西汉末年。当王莽篡位时，他手下大将公孙述割据了四川，于公元 25 年自称白帝，所建城池取名"白帝城"。公元 36 年，公孙述与刘秀争天下，被刘秀所灭，白帝城亦在战火中化为灰烬。

　　三国时，刘备兵败退至白帝城，无颜会见群臣，于是在白帝城修建了永安宫安居，不久郁闷而死。临死前刘备把国家大事和儿子刘禅托付给丞相诸葛亮，史称"刘备托孤"。

　　至明朝，公孙述的塑像被搬开，为刘备像所代替。庙内还有关羽、张飞、诸葛亮的塑像，但"白帝庙"的名称一直沿用至今。李白的诗句"朝辞白帝彩云间"更使白帝城妇孺皆知，津津乐道。

自书白帝城对联

名城胜迹

拜张飞庙

莽汉行忠义，
英名誉九洲。
延承中国梦，
还要效桓侯。

（2013 年 8 月 13 日）

　　张飞庙，始建于蜀汉末期，后经历代修葺扩建，距今已有 1700
余年的历史。原址位于飞凤山麓，庙内保存了大量珍贵的字画碑刻、
稀世文物 200 余件，被誉为"巴蜀胜景、文藻胜地"。张飞庙先后
被评为全国重点文物保护单位和中国国家风景名胜区，是长江三峡
黄金旅游线上的重要景点之一。

　　张飞是三国时期蜀汉名将。传说张飞在阆中被部将范强、张达
暗害后，二人取其首级投奔东吴，行至云阳，闻说吴蜀讲和，便将
其首级抛弃江中，为一渔翁捕鱼时打捞上岸，埋葬于飞凤山麓，世
人在此立庙纪念，故有张飞"头在云阳，身在阆中"之说。张飞大
忠大义，为人民所敬仰，历年张飞生辰日——农历八月廿八，各地
群众纷纷前来举行祭祀活动，颇具一定规模与影响。

　　桓侯，张飞谥号，故张飞庙又称张桓侯庙。

自书《拜张飞庙》

丰都鬼城

世上从无鬼，
全由智者编。
传承如得当，
可正德行偏。

（2013 年 8 月 12 日于丰都鬼城）

丰都，位于重庆市丰都县的长江北岸，自古就是文化名城，已有两千多年的历史。

丰都"鬼城"是人们凭借想象，用类似人间的司法体系而建造的"阴曹地府"。有"阎王殿""鬼门关""阴阳界""十八层地狱"等一系列阴间机构，有哼哈祠、天子殿、奈河桥、黄泉路、望乡台、药王殿等多座表现阴间的建筑，有一个等级森严，融逮捕、羁押、庭审、判决、教化功能为一炉的阴间制度构架，有一套作奸犯科必遭惩罚的阴间法律判例，例如生前说谎到阴间就要割舌头、生前不孝到阴间就要下油锅等，而且一到阴间人人必过鬼门关、奈何桥，好人一路通行、坏人逃不过判官的火眼金睛，立马格惩勿论，惩罚场景阴森恐怖。

虽然阎王、判官、小鬼只是传说虚妄，但却具有一定惩恶扬善的社会教化作用，因此，这套"鬼文化"长期被广泛应用。例如，我小时候只要哭闹不止，妈妈就说："别哭了！再哭，小鬼就要来了。"我马上不敢再哭。小朋友们也相互提醒不要说谎，否则将来到阴曹地府，就要被割舌头。

丰都鬼城，经久不衰，我想可能有这方面的原因。

参观丰都鬼城，感受的是另类警示教育。

丰都鬼城管理者编了一套连环画《鬼城传说》，要我题写书名。

阳明祠小憩

名祠饮贵茶，
饱览满庭花。
转瞬飘云丽，
方知已落霞。

（2012 年 10 月 2 日）

　　阳明祠位于贵阳城东扶风山麓，为纪念明代文化巨匠王阳明而建，始建于清嘉庆十九年（1814）。阳明祠是三组古建筑的总称，它包括阳明祠、尹道真祠、扶风寺三部分。三组古建筑共同组成环境清幽、景色秀丽的扶风山风景区。清代西南巨儒郑珍曾赞之为"插天一朵青芙蓉"。

　　我们游览了阳明祠建筑，参观了王阳明生平事迹展览，在阳明祠茶艺馆中休息、喝茶聊天。诗中"阳明"，即阳明祠；"贵茶"，指贵州本地茶；"云丽"，系人名。

苏堤夜步

光柔顶绿路葱茏，
水映灯楼画意浓。
苏子惊魂游故地，
何因到处点霄烽？

（2013 年 4 月 20 日）

　　散步是最好的锻炼方式之一。散步的时候，能有好友，好景致，那更是人生一大幸事。这天路过杭州，应好友王永昌之约，晚间在西湖边小聚，发现苏堤近在咫尺，便萌生了夜走苏堤的念头。苏堤春晓，乃杭州"西湖十景"之首，是北宋元祐五年（1090）苏东坡任杭州知府时，疏浚西湖，利用淤泥构筑而成，故称"苏堤"。此时正值三月阳春，清风拂面，柳丝轻扬，夜步苏堤，绿色的景观灯打在树顶，更显一片生机盎然。远处两侧的各式建筑，或仿古或现代，打着轮廓灯，倒映在湖面，波光粼粼下，使我们宛若置身琼楼仙境。上有天堂，下有苏杭，真正羡煞常住此间的杭州市民啊。我突发遐想，如东坡先生夜间故地重游，定会纳闷：怎么会有这么多夜间烽火？

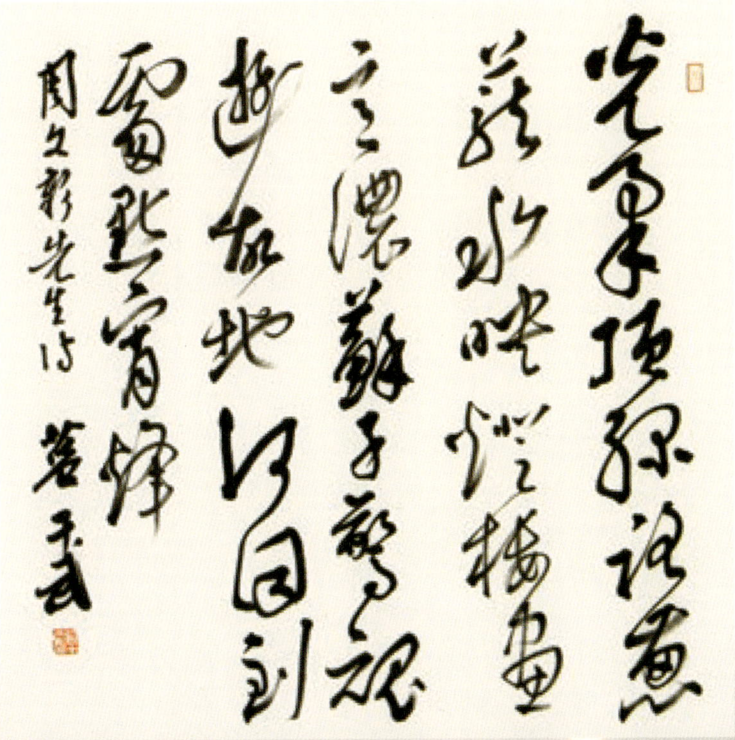

书家·兰干武
中国书协会员、《书法报》执行主编、
《中国书画印》主编、湖北省书画研究会副主席

正谊书院观后

（一）　　　　（二）

十载江都相，　　重修董子祠，

倾情正谊扬。　　励学祭宗师。

遗存虽破损，　　仰视堂中像，

道统个中藏。　　凝思久不移。

（2013年8月7日）

　　去扬州市广陵区委作"树立正确的世界观、权力观、事业观"报告，区委领导特地安排我参观了"正谊书院"。

　　"正谊书院"原是纪念董仲舒而修建的"董子祠"所在地。董仲舒（前179—前104），汉代思想家、哲学家、政治家、教育家。汉广川郡（今河北景县广川镇大董古庄）人。汉武帝元光元年（前134）任江都易王刘非国相10年，俗称江都相；元朔四年（前125），任胶西王刘端国相，4年后辞职回家。此后，居家著书，朝廷每有大议，派使者及廷尉登门咨询，颇受武帝尊重。

　　只因董仲舒在扬州任汉江都相10年，又因历朝历代独尊儒学，扬州纪念董仲舒的遗迹较多，这在全国不多见。著名的有北柳巷的董子祠，它也是扬州地面仅存的一座明代建筑物；在运司公廨内的董井相传为董仲舒所造；南柳巷头的大儒坊及大儒坊巷（牌坊早已拆除，但地名老扬州人仍有记忆）都是纪念董仲舒的。董仲舒扬州后代的族号为"正谊堂"，"正谊明道"是董钟舒的主张之一，谊即义。

　　董子祠长期用作汶河小学北柳巷分校，年久失修，几成危房。区委区政府集董子任江都相10年之遗迹，重修正谊书院，以弘扬国学，熏陶后代。

名城胜迹

伍 红色记忆

陕北十三年

向有凡夫忌十三，
红军仗以越泥潭。
征程步步逢生死，
理想冲天苦变甘。

（2011 年 5 月 10 日）

延安古称延州，历来是陕北地区政治、经济、文化和军事中心。延安被誉为"三秦锁钥，五路襟喉"，是兵家必争之地，素有"塞上咽喉""军事重镇"之称。

党中央在陕北的 13 年，在中国共产党和中国革命的历史上有着极其重要的地位。

从 1935 年 10 月 19 日党中央率领工农红军到达陕北吴起镇，至 1948 年 3 月 23 日中共中央离开陕北，在这近 13 年期间，有 10 年零 2 个月，延安都是中共中央所在地。

在这一时期里，毛泽东和中共中央运筹帷幄，决胜千里，导演了一幕幕扭转乾坤、威武雄壮的历史活剧，谱写出了光照千秋、彪炳史册的辉煌篇章，使中国共产党由小到大，革命力量由弱到强，革命事业由挫折走向胜利。共产党人坚定的革命理想使得中国革命破除万难，创造了一段辉煌的历史，将中国革命推向了最后的胜利。

2012 年 5 月，我在中国延安干部学院学习，党中央在延安这段历史让我十分感慨。对"13"这个数字，寻常百姓很多人不喜欢，但对我们党来说却意味着幸运、奇迹和骄傲。

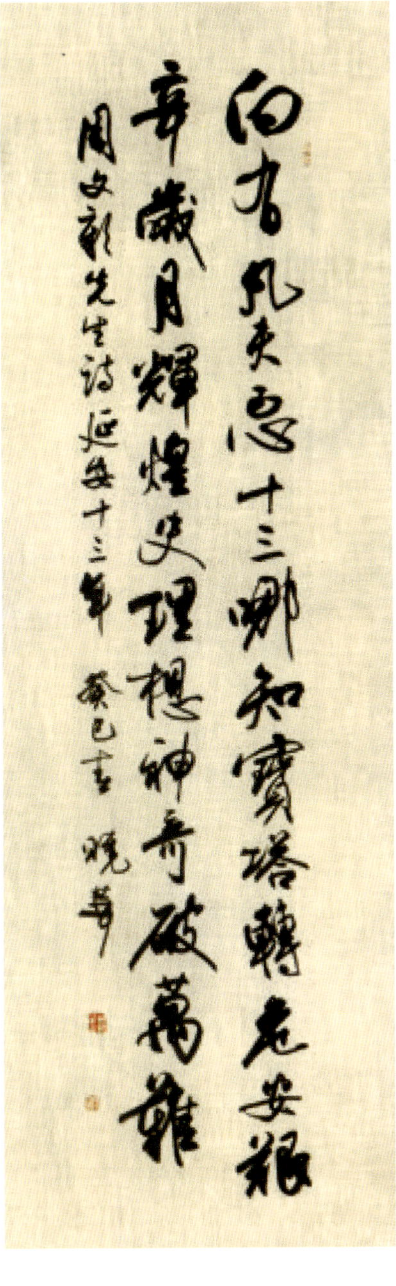

白首丹衷忆十三娘
知宝塔耸危安祥
辛岁月辉煌史
理想神奇破万难

周文龙先生诗延安十三年
癸巳秋晓华

书家·郑晓华
中国书协分党组副书记、秘书长

红色记忆

井冈星火

远景如痴梦，
乌云蔽日穹。
英豪怀信念，
星火九州红。

（2012年9月6日）

　　井冈山被誉为"中国革命的摇篮"、"中华人民共和国的奠基石"。1927年10月，毛泽东、朱德、陈毅、彭德怀、滕代远等率领中国工农红军来到宁冈井冈山，创建中国第一个农村革命根据地，开辟了"以农村包围城市、武装夺取政权"的革命道路。井冈山的斗争，不仅走出了一条符合中国国情的革命成功之路，更为后人留下了宝贵的精神财富。

　　可以想象，在反动势力统治中国的黑暗时代，社会主义理想在一般人看来，岂不如同痴人说梦？正是革命先辈们那份坚定的革命信念，才使得井冈山的星星之火，燃遍大江南北。

井冈母亲

送子奔前线，
坚贞受酷刑。
柔情疼骨肉，
铁志破魔图。

（2012 年 9 月 8 日）

　　一曲著名的《送郎当红军》让我们感慨万千："送郎当红军，阶级要认清，豪绅啊，地主啊，剥削我穷人。送郎当红军，切莫想家庭，家中啊，事情啊，我郎莫挂心……"这首在当地脍炙人口的歌曲向我们生动地诠释了井冈山母亲大无畏的革命精神。

　　革命战争年代，井冈山的妇女们成了最主要的劳动力，大部分的农活都落在了她们身上。为了支援红军，井冈山的妇女们还要承担像挑担子、照顾伤员、洗衣补衣、做军鞋等各种杂事。更让我们感动的是井冈山的无数母亲们送亲生骨肉参加红军，绝大多数战死沙场。敌人施加酷刑，逼母亲说出身为党组织领导人的儿子的去处，而母亲坚贞不屈，让敌人无计可施。

　　我在中国井冈山干部学院学习期间，井冈山母亲们可歌可泣的事迹深深感动了我。

井冈英烈

青松洒泪祭先贤，
遍野鹃花哀永眠。
五百井冈英烈血，
赢来大地艳阳天。

（2012 年 9 月 7 日）

毛泽东为瑞金革命烈士纪念塔题词

红色记忆

　　井冈山斗争时期，国民党军先后对井冈山发起了三次军事"会剿"，一大批追求真理、英勇无畏的共产党人，抛头颅、洒热血，为中国革命作出了巨大贡献，正是他们的鲜血换来了我们今天如此美好幸福的生活！

　　井冈山烈士陵园位于茨坪北面的北岩峰上，绵绵红土下，掩埋着井冈山革命斗争时期牺牲的 48000 余位英烈。黑色大理石壁上，嵌刻着有名有姓的井冈英烈 15744 位。汉白玉无名纪念碑，表达了对 3 万多无名烈士们的深切怀念。烈士陵园里的杜鹃花红艳欲滴，仿佛是革命烈士用鲜血染成，寄托着对永眠于此的革命烈士的无限哀思。

　　毛泽东把"井冈山军事根据地"界定为"五百里井冈"。四周从永新的拿山起，经龙源口、新城、茅坪、大陇、十都、水口、下村、营盘圩、戴家埔、大汾、堆子前、黄坳、五斗江、车坳再到拿山，全程 550 华里，"五百里井冈"由此得名。

153

兴国将军县

凝眸英武像，
恍返血腥场。
煊赫将军县，
忠魂耀故乡。

（2012 年 9 月 9 日）

书家·李双阳 中国书协会员、培训中心教授、苏州书协副主席兼创作委员会主任

　　江西省兴国县是全国著名的苏区模范县、红军县、烈士县和将军县。2012 年我随中国井冈山干部学院省部级干部班到兴国县参加将军馆现场教学，了解到在苏区时期，兴国县 23 万人口，参军参战的就达 8 万多人，为国捐躯的有 5 万多人，全县姓名可考的烈士达 23179 名，长征路上几乎每一公里就有一名兴国籍将士倒下。

　　1955 年，肖华、陈奇涵等 56 位兴国军人被授予少将以上军衔，兴国县由此被誉为将军县。在将军馆，教员们为我们详细讲解了将军们的生平和事迹，凝视着将军们英武的照片，我仿佛回到了血雨腥风的战场，更加崇敬这 56 位为新中国诞生而做出卓越贡献的开国将军，也更为那些逝去的无名英烈们而感伤。

红色记忆

沂蒙儿女

沂蒙山水秀，
百姓厚忠憨。
女纳军鞋底，
男钻虎豹潭。
独轮装众望，
浓乳沁民甘。
水载舟精进，
横刀挺岸南。

（2012年9月26日）

　　山东沂蒙山区，是一片红色的土地。在战争纷飞的年代，沂蒙男儿推着独轮车，带着煎饼大葱支援前线；沂蒙红嫂做军鞋、碾军粮、抬担架、救伤员，甚至用乳汁救治伤病员。"最后一块布，做军装；最后一口饭，做军粮；最后一个儿子，送战场。"沂蒙山区460万人中有20多万人参军参战，120多万人参加支前，更有10万多名沂蒙儿女献出了宝贵的生命。沂蒙儿女演绎出我党我军战争史上最壮观的军民深情。"水能载舟，亦能覆舟"，国共两军生死决战的不同结局，就是证明。感此，有了平生这第一首律诗。"岸南"即长江以南。

辛亥武昌起义

首义枪声响，
扳机鄂籍兵。
攻平都督府，
千载帝宫倾。

（2015 年 6 月 24 日）

辛亥革命博物馆，是武汉市为纪念辛亥革命武昌首义 100 周年而兴建的一座专题博物馆，位于武汉市武昌区阅马场首义广场南侧，与武昌起义军政府旧址（红楼）、孙中山铜像、黄兴拜将台纪念碑、烈士祠牌坊等同处一条轴线。

武昌起义是 1911 年 10 月 10 日（农历辛亥年八月十九）在武昌发生的一场旨在推翻清朝统治的兵变，也是辛亥革命的开端。次日，革命党人和起义士兵云集湖北省咨议局，宣布成立以黎元洪为都督的湖北军政府，并发布了第一号布告，宣布废除清宣统年号，号召各省响应武昌起义，建立中华民国，从而开启了划时代的"民国之门"。

辛亥百年

千年帝制化云烟，
新命摧枯势必然。
惊梦蓝图帷幕启，
复兴烽火遍桑田。

（2011 年 8 月 16 日）

1911 年 10 月 10 日，武昌起义的炮声拉开了辛亥革命的帷幕，不久，在中国实行了两千余年的封建皇权制度宣告终结，民主共和政体开始了艰难的探索。真正把这一政治理想成功实践的，是中国共产党把中国人民带上了正确的道路。

"纪念辛亥革命 100 周年海峡两岸百位书法家百米长卷长城笔会"于 2011 年 10 月 22 日在北京居庸关长城脚下举行。我参加了笔会并书写了这首诗。

本诗由张辛教授改定，并注曰：冯友兰有"阐旧邦以辅新命，极高明而道中庸"联。"新命"指民主共和；"惊梦蓝图"指中山先生提出的振兴中华。

书家·张辛
中国书协理事，学术委员会委员，北京大学教授、博导，北京大学书画协会会长

庐山 176 号别墅

橱床柜椅憾心田，
将帅蒙冤在桌前。
睹物思人难入梦，
胸宽自古谓明贤。

（2012 年 5 月 27 日）

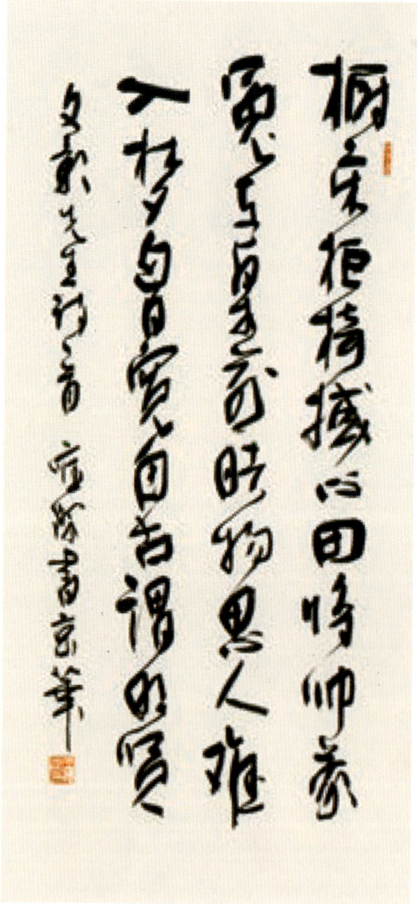

红色记忆

书家·王应际
中国书协原理事、海南省政协副主席

庐山名人别墅是庐山人文景观的重要组成部分，堪称"万国建筑博物馆"。庐山别墅的建筑起源于1895年，最早的建于1896年。庐山现存别墅总数为636幢，16个国家的建筑风格。

　　1996年，经国务院批准："庐山会议"旧址及别墅群（美庐别墅，即180号别墅、124号别墅、176号别墅、359号别墅、442号别墅），列为全国重点文物保护单位。

　　庐山176号别墅建于1896年。别墅造型简洁朴实，庭院开阔，树木繁茂，占地为3200平方米。别墅原为美国驻汉口圣公会建造，名为美国圣公会海外教居地。1946年至1948年，别墅归国民党励志社管辖，主要用以接待外国驻华大使以及国民政府要员。1959年中共八届八中全会期间，时任国务院副总理兼国防部长的彭德怀元帅、总参谋长黄克诚大将在此居住。1959年7月14日，彭德怀在这栋别墅里给毛泽东主席写了"万言书"，陈述了他对1958年以来"左"倾错误及其经验教训的意见，从而蒙冤。

　　首上庐山，我住在176号别墅，触景生情，感慨良多……

胜利大阅兵

歌声响亮彩旗扬，
受阅三军壮广场。
铁甲轰鸣伤敌胆，
雄鹰展翅震凶狂。
女方靓丽添神采，
男阵雄威卫国防。
抗战英模开口笑：
谁来犯我自寻亡。

（2015年9月3日）

今天是我国首个法定"中国人民抗日战争胜利纪念日"，是中国人民抗日战争暨世界反法西斯战争胜利70周年。2015年3月，全国"两会"确认今天举行阅兵式。这是我国首次在10月1日国庆节以外的日子举行阅兵式。

参阅部队从7大军区，海军、空军、第二炮兵、武警部队、解放军四总部直属单位抽组，组成空中护旗方队、2个抗战老同志乘车方队、11个徒步方队、27个装备方队、10个空中梯队。同时，这次阅兵还邀请17个外军代表队和方队参加。当最后一个空中梯队飞过天安门广场时，数万只和平鸽和气球飞向天空。

这首诗酝酿于天安门东侧1号临时观礼台13排84座，成稿于当日下午北京飞海口CA1355航班。

自书《胜利大阅兵》

纪念长征胜利八十周年

雪岭饥寒弹雨河，
里程两万五千多。
全凭脚板顽强志，
踏出无双胜利歌。

（2016 年 5 月 11 日）

红色记忆

　　从北京飞吕梁参加"纪念红军东征胜利 80 周年全国书画名家邀请展"开幕式，东征是红军长征到达陕北后发起的一个重大战役。这首诗在航班上写就。

纪念红军东征八十周年

浩荡东征战，
淋漓打敌顽。
红军威四海，
交口壮河山。

（2016 年 5 月 12 日）

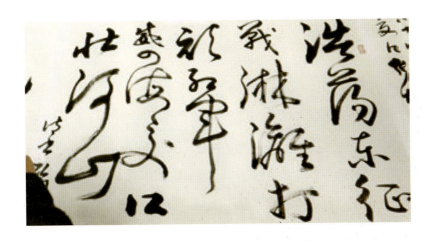

　　由人民画报社主办的"纪念红军东征胜利 80 周年全国书画名家邀请展"开幕式，在山西吕梁交口县（东征主战场）举行。我当场口占五绝一首并书于长卷。

165

石鼓渡口

雄兵石鼓渡金沙，
北上横刀誓卫家。
百姓争援无所惧，
奇功一建嵌中华。

（2016 年 5 月 12 日）

　　丽江市玉龙县石鼓镇，因金沙江流转角处的小山岗上建有一面汉白玉雕成的鼓状石碑而得名。1936 年 4 月，中国工农红军二方面军在贺龙、任弼时、肖克的率领下，从石鼓渡口渡江，得到各民族同胞的冒死支持。如今，石鼓渡口已被纳入"全国红色旅游经典景区名录"。

自书《石鼓渡口》

雁丘之石鼓渡坐沙水上
横刀拯之沸家百姓争援
廿二惺去功一建颐中華
飛江石鼓古征渡口甲申冬周文彰

167

陆 乡愁亲情

周文彰诗词远

老家宝应

真如献宝得皇恩，
年号为名县贵尊。
东荡莲荷香沁腑，
西湖闸蟹味勾魂。
沟渠密布连江海，
公路纵横达镇村。
一曲淮腔情已醉，
谁知翰墨撼轩辕。

（2015 年 10 月 1 日国庆节）

　　我的老家宝应，秦时建县，曾名安宜，距今 2200 多年。公元 762 年，比丘尼真如获"八宝"献于皇帝，唐肃宗视为定国之宝，遂改上元三年为宝应元年，赐安宜县名为"宝应"，沿用至今。

　　家乡河湖密布，儿时的一首歌仍记忆犹新："宝应是个好地方，东有湖来西有荡。"宝应是全国水产品生产重点县、"中国荷藕之乡"。

　　家乡历史文化底蕴深厚。我听着淮剧长大，至今仍认为淮调是世上最好听的曲子。家乡书法源远流长，队伍强大，早已是扬州市的"书法之乡"，现正在申报"中国书法之乡"。

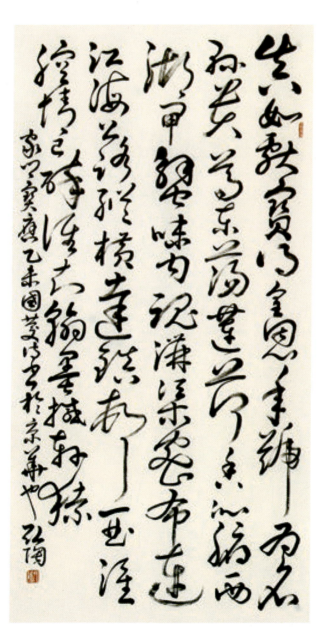

自书《老家宝应》

忆秦娥·故乡夏夜

蛙声亮，荷塘月色从天降。
从天降，欢鱼戏水，涟漪微漾。

流萤忽闪飞蛾撞，蚊虫成伙轮番上。
轮番上，妈摇蒲扇，儿梦轻唱。

（2013 年 7 月 18 日）

长相思·祖屋

大运河，小运河。
河水分流到后坡，枝繁柳树多。

年如梭，月如梭。
故里情怀心底泊，面南思祖窝。

（2013 年 7 月 16 日）

注：后坡指我家屋后的斜沟河岸坡，河水来自大运河。我小时候在坡上栽了许多喜水的柳树。我故乡宝应县被称荷藕之乡。

回村过年

老少涌村头，
乡情扑面流。
对烟聊往事，
笑语晃新楼。

（2013 年 2 月 13 日正月初五）

自书《回村过年》

正月初五一早，我们从扬州出发，去我的老家——扬州市属的宝应县小官庄镇双闸村林东村民小组。车子下了高速公路 10 分钟，就到了村头蝗螂庙桥，进了村子。

我 1973 年 9 月离开村里到扬州师范学校读书，今年正好 40 年。父母均已过世，我也多年不在春节期间回村了。

得知我回来，男女老少从家里出来笑脸相迎。我一一握手敬烟，不抽烟的吃糖果点心。虽然我离开他们多年，但我几乎都能叫出他们的名字，回忆起过去在村里一同玩耍、干农活的往事，大家不时爆发出一阵阵快乐的笑声。

村里正在进行环境改造。扬州市政府批准并拨款，把林东等 7 个自然村连片建设成"三星级康居村"，改善农民生活条件，发展乡村旅游。镇委书记、镇长亲自组织实施，他们这天也在村里，老朋友不期而遇，格外高兴。

乡愁亲情

老家新变

路到河边是老家，
车行许久却无涯。
原来两岸桥连道，
错过三村乐掉牙。

（2013 年 8 月 5 日）

    2013 年 8 月 5 日，因扬州市广陵区委请我讲课，我再次抽空回村里看了看。人越上年纪，越是记挂老家，我也如此。车从望直港镇向南直行，到一条河边，直路断了，我家也就到了。于是我坐在车里自顾忙自己的，没有注意第一次送我回老家的司机怎么进村。

    乡间道路不宽，车子快不起来，但埋头忙着的我还是感到，早就应该到了，怎么还没有到河边？我抬头望望窗外，田头、村庄、道路……一切变得陌生起来。我好生奇怪——到什么地方了？我让车子停下，车外忙着农活的一位妇女，40 年前我在老家时似乎认识，见到她，我立刻意识到我们走过头了，下车一问，果真如此。这位妇女并没有认出我来，马上指点我们要掉头，说过两个桥，第三个村庄便是我家林东村。

    原来，就在这几个月，扬州市政府批准的"康居示范村"工程、国家农业综合开发土地治理项目工程，让我家后面的小河上架起了平坦的水泥桥。

书家·冯远
中央文史馆副馆长、中国文联副主席、中国美协副主席

过 年

儿时盼过年，
压岁有文钱。
抢早燃鞭炮，
通宵不想眠。

（2013 年 1 月 26 日）

　　欧阳中石先生创办弘文书苑研修班，并亲任导师，我有幸成为 20 名弟子之一。今天下午第三次活动，先生要求以过年为题作书，以供春节后巡展。而对我来说，最甜蜜最难忘的是孩提时代的过年……

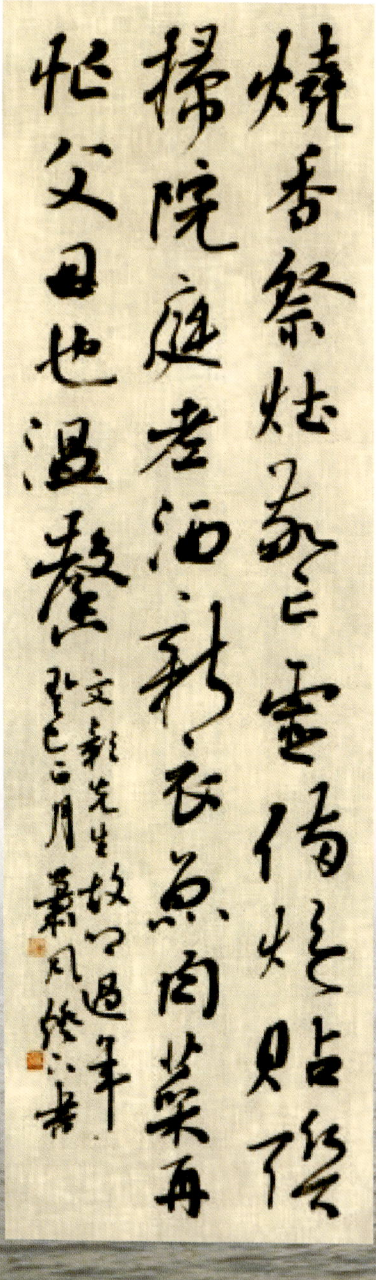

乡愁亲情

故乡过年

烧香祭灶敬亡灵，
剪纸书联扫院庭。
腊肉风鸡拼什锦，
多忙父母也温馨。

（2013 年 1 月 27 日）

书家·陈洪武
中国书协分党组书记、驻会副主席

三亚过年

热似夏来临，
甜椰润肺心。
边炉尝海味，
满座外乡音。

（2013 年 1 月 27 日）

妻子牙疼，一夜无眠。天不亮我们就直奔口腔医院急诊。可是急诊只接外伤，无奈排队等待 7 点挂号，拿到号再等 8 点门诊。门诊叫了她名，她忙应声入内，数分钟出来，再去另楼排队缴费、排队等拍片，排完片等取片，取了片再回原楼等牙医看片诊断。到 9 点 40 分了，她还在诊室里面哩。这过程我始终陪着，或站在队列里，或坐在走廊铁椅上，但脑子里继续沉浸在欧阳老师昨天的作业里——以过年为题行文作字，写出了《故乡过年》，又回忆起那年在三亚过年……

钗头凤·故友聚首

初春月，寒风歇，笋尖齐露朝天阙。
儿时友，陈年酒，举杯欢闹，劝词争首。
吼、吼、吼！

情真切，心诚悦，话题喷涌时空越。
挥挥手，扳扳肘，中年童趣，舞诗歌扭。
逗、逗、逗。

（2013 年 7 月 18 日）

注：争首即争优；舞诗歌扭均作动词。

乡愁亲情

书家·吴东民
中国书协副主席、海南省书协主席、
海南省文联巡视员

又回蝗螭庙

痴情眷恋蝗螭庙，
梦绕魂牵数十年。
似箭归心瞻父母，
如胶眷意看乡贤。
笑谈钓鳝新桥上，
畅忆寻鹅老屋前。
问起铁肩杨队长，
哽咽奶奶指心田。

（2015 年 2 月 22 日）

书家·张学群
中国书协原理事、安徽省书协原主席

蝗螭庙，我生活了 20 年而父母长眠的老家。今天是羊年正月初四，我携家人回村祭拜父母，看望乡亲。钓鳝，这是我在家乡从事的副业：每到暑假，我用自做的鱼钩，沿着水稻田的田埂，寻找黄鳝自造的小洞，然后伸进鱼钩，那时我们称其为"钓长鱼"。寻鹅，寻找我自养的小鹅。

纪念母亲辞世两周年

五十二年冷暖心，
每思不觉泪沾襟。
倾情远走天涯路，
忠孝难全痛倍深。

（2007年3月9日）

今天我在海南昌江县调研。午饭后刚躺下，突然想起今天是老母亲逝世两周年。想起母亲，我就止不住心酸。两年前的此刻，我正在三亚陪丁关根同志调研，手机响了。接通电话，传来妹妹的哭声。得知母亲病故的噩耗，简直如五雷轰顶。关根同志得知后，说这是

大事，赶快回家。我赶紧直奔机场，上海下机，换乘汽车，到达苏北宝应老家时，母亲已经冰凉。我揭开母亲盖脸的纸，把脸紧紧贴着母亲的脸，放声痛哭。转眼母亲仙逝两年了，想到此，我对母亲的怀念慢慢形成这首诗。

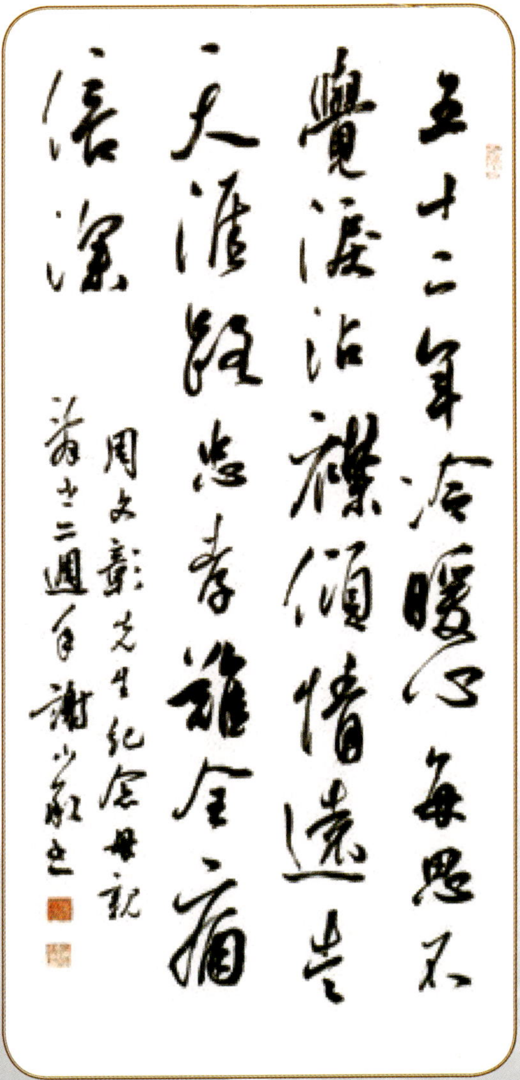

五十二年冷暖心 每思不
覺漫沾襟 倜儻遠志
天涯路 忠孝難全一痛
深

周文彰先生纪念母記

为卅三週年 谢少承书

书家·谢少承
中国书协理事、南京军区美术书法研究院秘书长

母　亲

当男做女尽辛劳，
种地持家一把刀。
清早披星挑大粪，
深更点蜡补棉袍。
背柴摔倒冰封路，
砌圈砸翻木板槽。
野菜充肠浮肿病，
每思于此泪滔滔。

（2015年3月9日于北京）

10年前的今天，我在三亚正陪领导调研，妹妹来电泣告：妈妈不行了！我如五雷轰顶，立即奔赴机场。到宝应老家紧贴妈妈冰冷的脸，顷刻泪奔。

母亲辞世，留给我无尽的辛酸与愧疚。辛酸，是因为母亲一生太苦，父亲常年在外谋生，妈妈在农村老家领着一家老小，当男做女，承担了全部农活家务，并且清苦成了她的一种习惯；即使后来生活好了，她也不当福来享，仍然操心，仍然克俭，仍然愁钱。愧疚，是因为我报答妈妈的养育之恩太少，甚至连好好陪她生活一段时间也没有做到。母亲辞世转眼已10年，但反增辛酸与愧疚。这首诗，就是辛酸和愧疚凝成的，记录了初期20年共同生活中妈妈给我的几个印记。今天一早我在爸爸妈妈的遗像前用心念了这首诗，愿妈妈九泉之下能够听到。

自书《母亲》

恩父百岁祭

背景离乡苦一生，
天伦短暂不公平。
浑身愧疚难弥补，
诗祷冥安百岁声。

（2011 年 8 月 22 日）

　　父亲常年在外务工养家，奔波劳顿，含辛茹苦。待子女们都安居乐业，老父可颐养天年之际，他却突发脑溢血病撒手而去。"子欲孝而亲不在"的伤感从此一直伴随着我。父亲百岁祭日这一天，兄弟姐妹都回老家江苏宝应县，以农村特有的方式隆重纪念他。而这一天是工作日，我不可能为此而请假，但思念之情让我心酸流泪，遂以诗寄情，并表达于书法，照片通过手机分发兄弟姐妹。做完这些，心，才有些许宽慰。
　　纪念逝者，其实是宽慰自己。

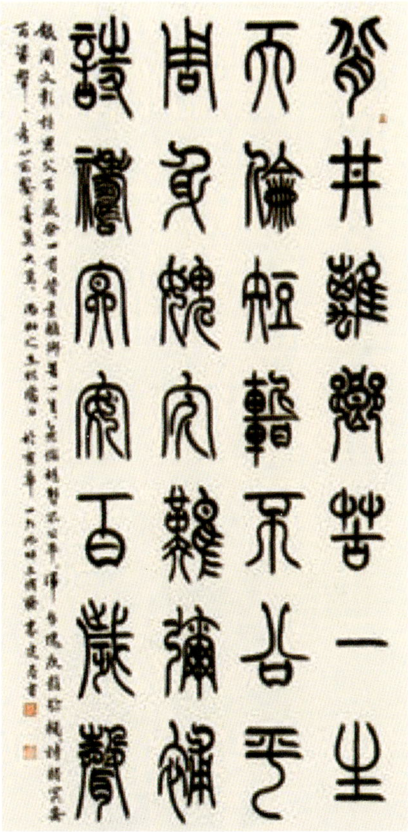

书家·李建春

中国书协会员、北京书画艺术

院研究员

想起老父亲

背影诵吟声，
勾来念父情。
三支香上手，
已是泪珠盈。

（2015 年 6 月 21 日）

乡愁亲情

自书《想起老父亲》

　　今天是父亲节。上午 10 点，我在家写毛笔字，打开张彦珍先生发在朋友圈里的微信，听张家声大师朗诵朱自清的《背影》。那深情的散文和同样深情的朗诵，激发了这首诗中的情景，也激发了这首诗。

肴肉情思

一片红肴肉，
轻闻老父声。
凝神酸楚楚，
默默不心平。

（2015 年 11 月 13 日）

今天，镇江九华锦江国际大酒店世界华语诗歌大会招待晚宴，一片肴肉上到我面前。啊，"镇江肴肉"！老父亲的声音顷刻在我耳边响起。生前，他无数次跟我谈起"镇江肴肉"，带着赞美，还有回味，似乎这是他的最爱。

长寿大姐

长途往返女随行，
寿考缘由在苦耕。
大小顷情齐尽孝，
姐携幸福度平生。

（2015 年 8 月 2 日）

　　大姐文英，是我全部五个兄弟姐妹中排行最大的。为祝贺大
姐八十寿辰，特作藏头诗《长寿大姐》。女随行，指抱着女儿上下
班。寿考，即长寿。大小，指大姐的三个女儿。

中秋念情

每到中秋盼月明，
独凭栏槛泪珠倾。
虽分南北难相聚，
万水涟漪递念情。

（2011 年 9 月 10 日）

书家·赵长青
全国政协委员、中国
书协原分党组书记、
驻会副主席

中秋之夜，月色皎洁，古人把圆月视为团圆的象征，因此，又称八月十五为"团圆节"。古往今来，人们常用"月圆""月缺"来形容"悲欢离合"；客居他乡的游子，更是以"月"来寄托深情。唐代诗人李白的"举头望明月，低头思故乡"，杜甫的"露从今夜白，月是故乡明"，宋代王安石的"春风又绿江南岸，明月何时照我还"等诗句，脍炙人口，千古流传。我如今在京工作，父母已逝，兄弟姐妹散居各地，谨以此诗表达中秋佳节倍思亲的心情。

原句"凭光赏桂泪珠倾"，潘衍习老师批曰："既赏应不悲，改为'独凭栏槛泪珠倾'。"

191

盼孙女回故里

春琪岁半适中秋，
圆月帮爷问小妞：
菱角鸡头莲子藕，
荷乡何时你来游？

（2015 年 9 月 27 日）

2015 年中秋节，恰逢孙女春琪一岁半生日，我在家乡扬州市参加一个乡贤座谈会，想起哪一天要带孙女回来寻根。宝应是著名的"荷藕之乡"，中秋节晚上，农村家家都在户外摆设菱角、莲藕、鸡头果和月饼，供奉月亮。

读到这首诗，我的二姨哥管同松从宝应老家步韵和曰：思孙心切若三秋，婆焕中天美玉妞。老少亲朋齐翘首，祥云伴你故乡游。二姨哥今年（2017 年）88 岁高龄，2015 年荣获"抗战胜利 70 周年纪念章"。原本文化水平不高的他，退休后上老年大学，学习写诗填词画国画，颇有成就，令我十分钦佩。

2017 年春节，孙女第一次回到老家，恰逢大雪，她玩得极其开心。

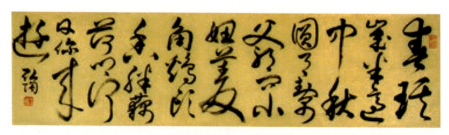

自书《盼孙女回故里》

我心中的公社书记

身高两眼明，语落座皆惊。
乐以相驹马，严于带部兵。
沿途寻狗粪，窜户问农耕。
我赴城中路，亏他洒满情。

（2014 年 10 月 12 日）

　　我的老家小官庄镇，"文革"中叫东风公社。公社党委书记丁振龙，作风朴实，当时到各大队调研，随身带粪箕，沿途捡狗粪。他对部下要求极严，谁都怕他，但发现青年苗子，便大胆培养重用。1973年9月，我能离开农村进城读书，是他批准推荐的。今年他八十大寿，我特写此诗，表示祝贺，表达感恩，祝他健康长寿！

　　照片是1973年以前我在老家参加公社"三干会"的代表，公社书记丁振龙（右二）、大队书记王登宽（右三）、生产队长仇长春（右一）、大队"土记者"周文彰。40多年后我们相聚在我祖屋前。

乳名之谜

桃花灿烂盛开时，
细品童名顿好奇。
天井红桃何处降？
娘亲喜笑告无知。

（2012 年 6 月 18 日）

1953年我降生前数月，我家天井落下一只红红的桃子，外婆借此以红桃作我乳名，我又变其为笔名弘陶。我的一方用章"天井红桃"（高建军刻），取意于此。现在每见到桃花盛开，我都爱和桃树合影。

我家四周并无桃树，红桃何来，谁也无从得知。2006 年 5 月在黄山玉屏楼，妻子发现对面山头上的一石，婉若红桃（下图）。于是我请中国印学博物馆副馆长吴莹女士制闲章一方："桃源黄山。"

原稿"思入迷"，现改为"顿好奇"。

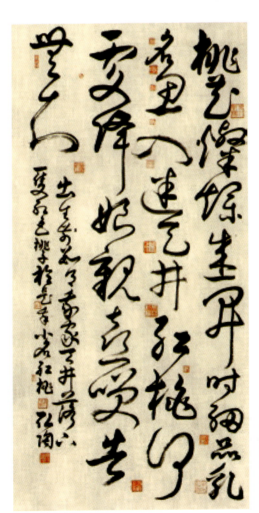

自书《乳名之谜》

在天子山过 59 岁生日

奇峰秀岭水晶莹，
往事联翩绪不平。
今日来年迎甲子，
轻松再续半生情。

（2012 年 8 月 1 日）

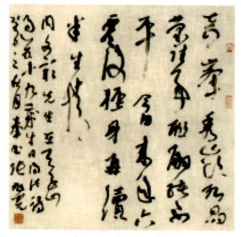

书家·张旭光
中国美术家协会分党组成员、副秘书长

天子山，位于湖南张家界武陵源风景名胜区西北部，原名青岩山。明初，土家族首领向大坤在此揭竿聚义，自号向王天子，部分景点命名与此传说有关。

天子山景观奇特，惊险万端，峰高、峰大、峰多，是它的一大特色，其中御笔峰被誉为峰林之王的代表。

上天子山这一天，恰好是我 59 岁生日。我有两个生日：一是农历八月初一，这是我的出生日；二是阳历 8 月 1 日，这是我的"档案生日"。上学填表时，农村孩子哪里知道农历八月初一是阳历哪一天，于是我就填了 8 月 1 日，这便是"档案生日"。有意思的是，即使有两个生日，仍然有忘过生日的时候。有一年是农历闰年，实际上有三个生日，居然一个也没有过上。

但在天子山这一天，我记住了，并且生平第一次为自己的生日落些文字，而且是诗。

生日厚礼

才喜婆姨迈步行，
又闻花束伴童声。
何为厚礼情难忘？
常态回归出麦城。

（2007 年 8 月 1 日）

今天是我 54 岁生日，一早妻子给我一个惊喜：开步走路了！她于父亲节那天不幸脚趾骨折，一直无法行走。晚上又见杨佳欣小朋友手捧鲜花来祝福生日，可谓喜上加喜。于是有诗。

麦城，在湖北省当阳市。建安二十四年，蜀汉将关羽败走麦城，为吴将截获问斩。这里借麦城比喻困境。

书家·黄俊俭
中国书协会员、《书法导报》副总编

197

期待闲暇

身心未变逢花甲，
喜望朝阳又日斜。
志趣繁多无空顾，
亟期致仕有闲花。

（2012 年 9 月 16 日）

真是时光荏苒！记得我刚刚属于"早晨八九点钟的太阳"一族，转眼已是晚霞漫天了。人生如白驹过隙，果然不假。平时忙于学习、工作，有很多喜好都没有时间去好好发展，临近六十，心中对退休后的闲暇生活已经充满了期待。

花甲，一般指 60 岁。我国古代采用干支纪年法，取义于树木的干和枝。干，又叫天干，即甲、乙、丙、丁、戊、己、庚、辛、壬、癸十天干；支，又叫地支，即子、丑、寅、卯、辰、巳、午、未、申、酉、戌、亥十二地支。纪年即把干支按照顺序组合，如甲子、乙丑等，经过 60 年又回到甲子，叫做"六十花甲子"。周而复始，循环不已。

古人又用十二种动物分别与十二地支相配成为"十二生肖年"。凡是含有"子"的干支年，就是"鼠年"，这一年里出生的人都属"鼠"；凡是含有"丑"的干支年就是"牛年"，这一年里出生的人都属"牛"。以此类推。十二生肖年是：子鼠、丑牛、寅虎、卯兔、辰龙、巳蛇、午马、未羊、申猴、酉鸡、戌狗、亥猪。

"致仕"指官员辞职归家。源于周代，汉以后形成制度，也称"休致"。《尚书大传·略说》："大夫七十而致仕，老于乡里，大夫为父师，士为少师。"

这首诗写于我的出生日，即农历八月初一。

乡愁亲情

书法作品落款：
身心未觉莲花甲，喜望朝阳又日斜。志趣繁多无穷愿，犹期暮仕有洲花。

周友朋诗 赖诗附服一首 善璋录

书家·吴善璋
中国书协顾问、中国书协原副主席、行书委员会主任、宁夏书协名誉主席

念奴娇·六十感怀

日光飞逝，不经意、童稚青狂消退。
告老归斋，圆所梦、续写人生趣味。
娓娓传经，孜孜立论，翰墨临精萃。
终年回首，但求今世无愧。

难忘耕读官庄，伴饥荒动乱，依然争最。
大院高楼，知海里，采觅贪婪痴醉。
热土征招，倾微力智慧，政声为慰。
红炉公顶，锻锤华夏钢背。

（2013 年 7 月 29 日）

乡愁亲情

自书《六十感怀》

　　2013年7月29日作于大连市的酒店与机场，7月31日改定于银川。改成之后，我故意磨蹭不睡。时针一过12点，我便连发无数短信：朋友们，此刻已是8月1日——我60周岁生日。特呈上词作《念奴娇·六十感怀》，请分享。弘陶于银川悦海宾馆6640房间。
　　词中：官庄，指江苏省宝应县小官庄镇，我家乡；斋，指书房；大院高楼，指大学；热土，指海南岛；红炉公顶，指国家行政学院主楼。

委员述怀

蛇年正月聚华堂，
率直忠诚议国纲。
提案陈情怀百姓，
发言述意禀中央。
亲民务本寻思路，
守道谋新创盛昌。
好自担当行使命，
青春花甲再飞飏。

（2013 年 3 月 1 日）

2013 年 2 月 27 日至 3 月 1 日，参加第十二届全国政协新任委员学习活动，感受颇深。

诗稿初成后，张辛老师来信指出：对大诗总的印象是平实，亦合格律。但恕我直言，含量稍逊，略显浮浅，无夺人之处。新在何处，焦点何在，攸关点睛。接着具体指出应当有亲民、守道、出新等内容。我一一照单吸纳，也从中悟出了一些写诗的道道。

诗自书出来后，一同参加政协会议的中国书协副主席言恭达大加鼓励，认为从用笔到布局都有新气象。

书家·孙晓云
中国书协副主席、江苏省书协主席，中国国家画院
书法篆刻院副院长、博导

人民日报

▲ 委员述怀

周文彰

蛇年正月聚华堂，率直忠诚议国纲。
提案陈情怀百姓，发言述意赢中央。
亲民务本寻思路，守道谋新创盛昌。
好自担当行使命，青春花甲再飞飏。

我的 2014

辈升任卸返书房，
布道为文导学忙。
大会堂中言国事，
小村寨里叙衷肠。
腾云越岭倾微力，
研磨挥毫仿醉狂。
半饱吟诗林下路，
防痴抑胖控顽糖。

（2015 年 1 月 4 日）

乡愁亲情

　　2013 年 11 月 4 日，我终身难忘的日子，从这一天开始，我不再上班了。我做的第一件事，就是住进医院，调理一下过去一直拿不出时间调理的身体。2014 年是我成为有闲人的第一年。在任时，每年年终都要写总结。这首诗就是我对 2014 年的总结。辈升，即当爷爷。腾云越岭，指乘飞机坐高铁，服务基层。醉狂，指代我国唐代大书法家怀素，史称醉素、狂僧。

依法治国和行政文化创新

（徐州　2014.11.9）

主办：中国行政体制改革研究会行政文化委员会
承办：　市市　关　　　省　作　　设办公室

書家·张改琴
中国书协顾问、中国书协原副主席

205

重阳节感慨

登高健步适重阳，
短信纷来祝健康。
自视宝刀还未老，
无情年岁晚霞装。

（2015 年 10 月 21 日）

这首诗，农历九月初九构思于井冈山，草就于首都国际机场回家途中。诗发给朋友们之后，看到圈内一则短信，高兴无比，它简直就是对此诗的解读，特抄录于下：一天很短，短得来不及拥抱清晨，就已经手握黄昏！一年很短，短得来不及细品初春到殷红窦绿，就要打点素裹秋霜！一生很短，短得来不及享用美好年华，就已经身处迟暮！光阴似箭，没想到九九重阳成了自己的节日！

卜算子·书语

照镜正衣冠，沐浴清污垢。
卧地躬耕立草根，我可陪君后。

大意在微言，理道穿心透。
未尽之题尚很多，有待同深究。

（2013 年 7 月 26 日）

为配合党的群众路线教育实践活动，中国方正出版社推出我的新书《为民务实清廉——做官做事做人60讲》，今天举行发布会，我以此词抒发感言。

空中构思

我乘 CX347 航班赴港出席博鳌青年论坛，在飞机上准备中国文化产业 30 人论坛演讲，飞机降落前终成。甚喜，遂作五言绝句记之。

这是我写的第一首五绝。

高空万米行，
也把秒分争。
稳降香江后，
凝思腹稿成。

（2011 年 9 月 14 日）

书家·孟云飞
中国书协教育委员会委员、《中华书画家》编委、中国文联特约研究员

为老师祝寿

含辛教诲历多年，
桃李芬芳果满田。
寿比南山松不老，
童颜鹤发胜前贤。

（2010 年 5 月 21 日）

　　人间有几个最伟大的称呼，老师便是其中之一。老师使学子由无知变有知，由不通事理到知书达理，成为人才。尊敬和膜拜老师，是所有当过学生的人最不应该忽略的行为。

　　《为老师祝寿》这首诗，是为我在扬州师范学校读书时的班主任老师赵延清教授八十大寿而写的。他视其为寿辰庆典上最珍贵的贺礼而向来宾们展示。

　　对在我学习成长过程中悉心教诲帮助过我的老师，我永远心存感激。2009 年 4 月我到北京工作后，曾邀在京的老师们小聚。拍照时我说："请 75 岁以下的老师站后排，75 岁以上的老师坐前排。"于是留下了这张珍贵的照片（见下页）。他们相互之间也是或师生或同事或朋友，由于年事已高，多年未曾谋面。特别是中国人民大学哲学系第一任系主任齐一教授（前排中），和大家几十年没有见过面。

　　此次聚会后不到两年，我国著名哲学家黄枬森教授（前排右四）就与世长辞了。在这次聚会上，90 岁高龄的他，在祝酒致辞中，居然能说出我博士论文的主要思想和论文框架，令我十分惊讶。他是1988 年我博士论文的审读专家之一。

自书《为老师祝寿》

良师益友

感　恩

茶醇座暖话温馨，
室主恩深永刻铭。
每访难离思再访，
流连万寿在心灵。

（2012 年 7 月 28 日改定）

　　丁关根同志是我国宣传思想文化战线的卓越领导人。2012 年
7 月 22 日传来他逝世的噩耗，我十分悲痛。我眼前浮现出他最后一
次在全国宣传部长会议上动情而又动人的讲话，浮现出他在海南考
察指导工作的情景，浮现出他在家中客厅里跟我亲切谈话的音容笑
貌……他对我个人成长的提携和关怀，对我工作上的指导和支持，
让我更刻骨铭心地感受到了什么是公心、什么是恩重如山。送别那
天，我在八宝山告别厅看他最后一眼，止不住泪下，回来的路上，
写下这首诗，表达我对关根同志的无尽哀思，寄托我对关根同志的
深情怀念。

　　诗中"永刻铭"原为"扣吾情"，黄荣生老师指出"情"出韵了。
万寿，北京市道路名。

赞乡村最美教师

执鞭陋室作人衣，
守望乡村白发稀。
蜡烛长燃山野亮，
痴情换得鸟高飞。

（2012 年 7 月 6 日）

　　由中央电视台和光明日报社联合主办的寻找最美乡村教师2012大型公益活动，让人们看到乡村教师不为人知的美，也让更多的人关注乡村教师群体。他们都是极普通的乡村教师，选择偏远艰苦，选择奉献青春。他们能耐得住寂寞和清贫，踏踏实实地去教好孩子。他们最具仁爱大美，因为他们选择了教师这个太阳底下最光辉的事业。

伟哉，老师

无师罕有自通才，
建树源头在讲台。
苦口释经千万卷，
婆心点化栋梁开。

（2011 年 9 月 10 日）

教　师

窗明心敞亮，
学子尽精英。
三尺坛非小，
千斤担不轻。
播知兼布道，
解惑也传情。
亘古重师表，
凡言当力行。

（2012 年 10 月 30 日于堪培拉）

自书《教师》

乐为师

平生酷爱做良师，
授业传经播慧知。
幸遇诚心寻雨露，
倾囊奉献不疑迟。

（2011 年 9 月 16 日）

书家·白景峰
中国书协理事、国际
交流工作委员会秘书长

　　青年时代 3 年民办教师、3 年师范学校教师、4 年大学教师的经历，使我与教师这一职业结下不解之缘。10 年党政干部经历之后，选择到国家行政学院工作，是我热爱教师职业的驱动。这使我有更多的机会站在三尺讲台传道、授业、解惑。每每看到学员们静心听讲、微微点头、会心大笑、豁然开朗之态，精心备课和讲课的辛苦，顷刻荡然无存。

惊遇学员

车门缓启出惊奇，
笑眼由衷叫老师。
一句铭心无尽味，
重逢万里忆当时。

（2011 年 8 月 16 日）

　　昌吉市是新疆昌吉回族自治州首府。我们一行到达昌吉刚下车，负责接待的副州长石彦玲女士居然喊我老师，令我十分诧异。原来，她曾到国家行政学院学习，并对我在结业式上的"临别一句话赠言"印象深刻，记忆犹新。

　　人海茫茫，相遇是缘分；在数千公里之外的新疆竟然偶遇重逢，不禁让我十分感慨。

　　"一句话赠言"又称"一句话礼物"，是我在国家行政学院分管教学培训工作后，为增加结业式内涵，加强对学员的党性教育和公仆意识教育，升华培训整体效果而实施的。在各个调训班次结业式上，传统的议程完毕之后，由我讲话，每次一个题目，如"做官、做事与做人""把群众当亲人""真心关爱农村""要务实""用权不谋一己之私"等，各班互不重复，作为学院给学员的"临别赠言"或"临别礼物"，效果特好，令学员难忘。国家行政学院结业式因此而受到同行关注。"一句话礼物"从 2009 年 12 月送起，到 2013 年春季学期止，我总共送了近 80 句话。送到 30 多句时，国家行政学院出版社以《好人不一定是好官，好官必须是好人》为名结集出版，很受读者欢迎。2013 年，中国方正出版社挑选出 60 多句话，以《为民务实清廉——做官做事做人 60 讲》为书名结集出版。

老部下

真朋恋旧情，
不看利和名。
有用才交往，
为人品不诚。

（2012 年 8 月 25 日）

自我 2009 年从海南调到国家行政学院工作以后，过去的部下不时造访，让我感受到人间除了功利，还有真友情。

说"品"字

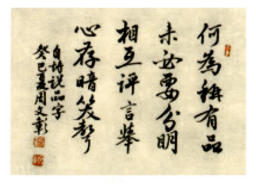

自书《说"品"字》

何为称有品？
未必要分明。
相互评言举，
心存暗笑声。

（2012 年 10 月 21 日）

汉语有许多高妙之处，往往具有许多其他语言没有的意蕴和内涵，"品"字即是典型代表。对人对事对物的评价，对人对事对物的喜好，都可以用"品"字来表达。夸人若用"品"字，就是肯定该人的人品、品格或品位，简洁而深刻。对一个人来说，"品"的境界极高，需要有较好的人文素养和人格修炼才够，但要细问什么样即是"品"，还真是说不上，仿佛只可意会不可言传。挚友之间彼此评价，偶尔报以"品"或"没品"，即可心领神会，甚至心旷神怡。

219

美哉旅途

品茗尝果笑谈间，
忽报前方到太原。
千里之遥京晋线，
时辰短似一支烟。

（2011 年 8 月 27 日　新韵）

书家·王荣生
中国书协理事、《书法导报》总编
辑、河南省书协副主席

应书法活动策划高手白景峰先生之邀，我赴太原参加一个书法活动，同去的还有我代为邀请的中央电视台著名主持人李瑞英。我跟李瑞英是多年好友，一路攀谈，不知不觉到了太原。

收入本集时，我曾依古韵而修改，但总感到无法表达原意，故决定不再勉强，保留原句，按新韵看待。

婚　礼

婚殿情连理，
终身至爱人。
飞天争比翼，
建业报双亲。

（2012 年 9 月 16 日）

　　我很少参加婚礼，但这次婚礼我却格外重视，因为新娘的父亲，是我当年在南京建筑工程学院教书时的学生沈元勤。学生不但希望我出席，而且请我作证婚人。我当场写下并在证婚致辞中朗诵了这首婚礼诗。

　　这一天是我的生日。晚上，几位好友以及在国家行政学院、中国人民大学、中国地质大学在我名下的博士研究生和博士后研究人员为我举行了简单而感人的生日活动。

自书《婚礼》

追

莽野长蛇阵，
飞奔似箭行。
辰龙前脚走，
癸巳上追程。

（2013 年 2 月 12 日）

　　癸巳正月初四，全家从北京乘高铁 G111 回扬州老家。火车以 300 公里时速轻松奔驰。窗外广袤原野上白雪团团点缀，修长的动车组，因为在蛇年，又因为我属蛇，仿佛成了一条痴情的长蛇，正在奋力追赶先行一步的辰龙。

　　"辰龙"指去年，去年是农历壬辰年，今年为癸巳年。辰即龙，巳即蛇。

湖海云江

湖边柳树絮飞扬，
海岸繁花艳四方。
云洒甘霖滋万物，
江淮沃土果飘香。

（2013 年 2 月 17 日）

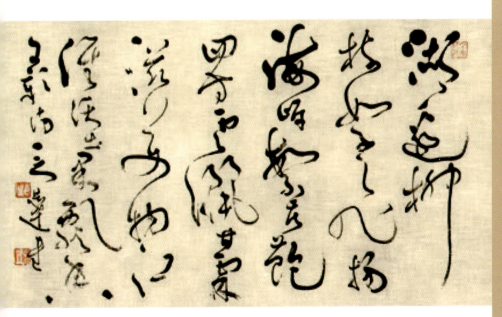

书家·言恭达
中国书协顾问、中国书协原副主席、教授、博导

妙手何常永

金睛灵动诊顽疾，
妙手神摩治杂疑。
经络通和增福寿，
齐伸拇指赞中医。

（2006 年 6 月 5 日）

何常永，与我同岁，河北保定人，部队退伍之后便在姑父身边偷学经络按摩，特别是自己悉心摸索总结，日见技长，到 2006 年初我们相互认识时，朋友向我介绍称他"神医"。

何常永本人不接受这一说法，他说，我不是什么都能治，比如，肿瘤、癌症等，我就毫无办法。但他确有绝活，凭他的一只右手，在病人腹部按摩，他说能治的而在别处久治不愈的，他都能治好。特别是，他的手在你腹部来回探摸片刻，便能说出你的毛病，还能摸到你哪儿疼，这令很多人惊奇不已。我体质的好转就得益于他的绝活。

他的疗法，在其子何龙的导师、北京中医药大学李晓泓教授支持和指导下，成为何龙硕士论文的研究对象，被命名为"何氏腑象疗法"，他本人则被请到北京一家医院开设特色诊疗。

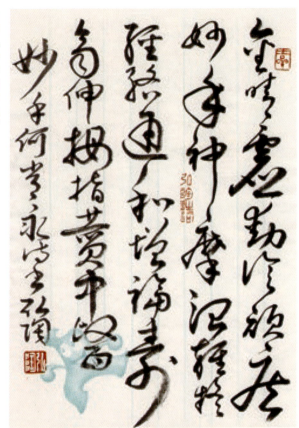

自书《妙手何常永》

针灸赞

银针煜煜细如丝，
扎穴轻调百病医。
绝技千年泽万代，
华佗历世续神奇。

（2013 年 3 月 12 日全国政协
十二届一次全会等待合影时作）

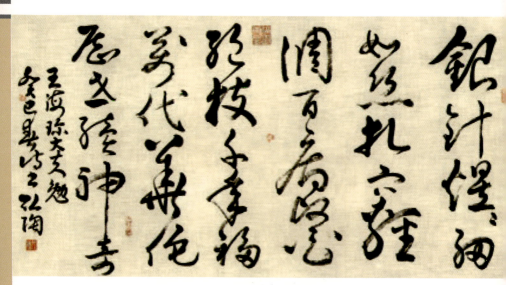

自书《针灸赞》

良师益友

针灸，是针法和灸法的合称。针法是把毫针按一定穴位刺入患者体内，运用捻转与提插等针刺手法来治疗疾病。灸法是把燃烧着的艾绒按一定穴位熏灼皮肤，利用热的刺激来治疗疾病。针灸有疏通经络、调和阴阳、扶正祛邪之功效。针灸医学最早见于两千年多前的《黄帝内经》一书。两千多年来针灸疗法一直在中国流行，并传播到了世界。

　　现在似乎灸法没有针法用得普遍，普通老百姓一说起针灸，往往首先想到的是用银针扎穴位的疗法。王海珍大夫是朋友介绍我认识的，家传的手艺，善使银针，用针大胆，有"神针"之称。为我做过几次调理，血压居然下降到正常，使我第一次知道针灸在某些情况下能解决药物无法解决的问题。

　　一位企业老总，糖尿病引起双腿特别是双脚溃烂，膝盖以下麻木，医院建议截肢。经她数月扎针治疗，双腿慢慢恢复知觉，溃烂也慢慢好了，我见过这位老总。三年过去了，据说至今保持很好。我的一位同事患有严重的抑郁症，介绍给她，居然针愈。共针四个疗程，每个疗程 10 天。第一天就停了安眠药，第二个疗程停了治抑郁症的药物，迄今未复发。这使我大为惊讶。我哥哥年已七十，常遭恐惧心理袭击。他对我说他切身理解了为什么会有人自杀。王海珍让她同样在京的哥哥王宏恺大夫针疗，一天天扎下来，居然睡眠不断改善，恐惧感也逐渐消退。两个多月的针疗，效果出乎意外。这几个病例，让我认识了中医针灸的价值，于是有了这首诗。

又见大律师

港岛重逢大律师，
中秋赏月转凉时。
京城两件随身褂，
热似桑拿不适宜。

（2011 年 9 月 14 日）

　　大法官的称呼听多了，第一次在北京见到香港大律师，真有点肃然起敬，也有点纳闷：这么年轻，怎么成了大律师？

　　大律师看出了我的疑惑，不好意思似地赶紧告诉我：香港律师有两种，一种是事务律师，英语叫 soliciter，做楼宇买卖、草拟商业文件、公司上市、离婚、子女抚养权、遗产、税务、知识产权等等法律事务，他们不出庭辩论；一种是讼务律师，专门出庭打官司，英语叫 barrister，这种律师就是大律师。在法院里看到的律师都是大律师。事务律师和大律师的工作性质、工作范围、所受训练和专业守则不同，但没有高低从属的关系。

　　这次出席博鳌（香港）青年论坛，没想到，接待我的就是在北京曾经见过的年轻的大律师。北京已享受秋凉，香港还是夏天；在北京穿着上飞机的衣服，到香港就不合时宜了。

同 窗

书山埋宝藏，
半百聚华堂。
共饮西洋水，
经纶满腹香。

（2012 年 10 月 27 日）

2012 年 10 月 27 日至 11 月 15 日，领导力建设和公共管理高级研讨班赴澳新政府学院学习。全班 21 人，除梁燕、段红霞和我来自国家行政学院外，其他都是来自中央国家机关和地方政府的领导干部。我任班长。

澳新政府学院是一个没有自己校舍的新型培训机构，在澳大利亚墨尔本租了一层楼作为办公室。培训依次在堪培拉、悉尼、惠灵顿、墨尔本四座城市进行。

培训课程安排紧凑，全天四个单元课程，每个单元 90 分钟。全班同学没有一个请假缺课。此外，还有多场会见活动，由我担任致辞任务的，就有 12 次。

转城及考察路上，我用来写诗。在澳新 15 天，写了 25 首诗，都是有感而发。

写诗的题材是从人名开始的，接着写 4 个城市，写所见所闻。之所以写人名，是因为学员们知道我会书法，希望能得到一幅留念，我想给他们书写嵌入各自名字的诗是最有意思的。于是，从登上飞向悉尼的飞机时就开始写了，遗憾的是，只写了几个名字，就写别的内容了。

作客同学家

繁花闹绿枝，
树冠半遮篱。
品酒馍投水，
鱼缸本泳池。

（2012 年 11 月 12 日于墨尔本酒店）

良师益友

1985—1988 年我在中国人民大学哲学系攻读博士学位，幸识硕士班学生何包钢，我们都爱读当代西方哲学，并且合译出版英国学者著作《当代认识论导论》。后来何包钢留学澳大利亚，现为墨尔本大学政治学教授。今天下午他亲自接我去他府上作客。我们在院中鱼池边饮酒闲谈喂金鱼。

说起鱼池，同学介绍：一开始是游泳池，后觉得每天消毒、换水麻烦，就放干了水，支上网改成门球场；变球场后，麻烦又来了，因为当地经常下雨，雨后球场积水，要排水，于是从国内买了一台小型抽水机。再后来，发现抽水也麻烦，干脆池里又放满水，改养金鱼了。

樂花闹
綠枝树
冠李遮
筭品酒
鑲梭水鱼
紅飞下泳
池

闲文新作家同学
农即兴成诗
癸巳新春大为书

书家·刘大为
中国文联副主席、中国美协主席

领导力高研班

如春温暖来新澳，

实用真经取满包。

学者滔滔传理论，

官员娓娓道公交。

议庭席外听争辩，

院长家中品美肴。

有礼彬彬辞令美，

遍留声誉报同胞。

（2012 年 11 月 10 日）

Spring was in the air when we arrived Downunder

Back to China rich in knowledge and minds rounder

Eloquent scholars passing on their wisdom

Senior executives narrating their learning in turn

Observing question time - a performance by politicians

Fine food enjoyed by all at the house of the Dean

Discussions and readings giving enormous pleasure

Assessments and presentations we worked with endeavour

　　在澳新政府学院 15 天的学习，从堪培拉开始，在墨尔本结束。
11 月 10 日学院举行结业晚宴，澳大利亚政府比尔·肖顿部长、中
国驻墨尔本总领事施伟强和澳中工商业委员会的部分委员出席。肖
顿部长致辞之后由我致辞。我在致辞中的最后讲到："此时此刻，
站在这里，我和菲尔斯教授同样激动。他的激动表现在，他本来只
想讲个开场白，但是一激动，他本来准备讲给部长听的话，在部长
还没有到来前，就控制不住先讲了（全场笑声）。而我的激动是另
外一种表现方式，为了此刻，我事先准备了一首七律，中国的一种
古体诗，以便表达我们 21 个同学对此次研修、学习的心得和评价。"

　　这首诗通过高手秦潞山翻译，赢得全场热烈的掌声。收入本书
时，最后两句作了修改，英译未变。

自书《致病中老友》

致病中老友

冬天过后是阳春，
鬼魅从来不久尘。
有难人生非坏事，
区区小恙美年轮。

（2011 年 8 月 28 日）

1991 至 1992 年，由于共同发起和筹办海南国际椰子节，使我认识了章琦（下图左一。右一为作者）并成为好友。首届海南国际椰子节举办于 1992 年 4 月，此后年年举办，一共办了 10 届，为传播海南美誉、吸引投资和旅游，发挥了重要作用。

前几天，他来电话，说他大病初愈，让我吃惊不小，因为我知道这是他第二次动手术了。我全力安慰他，他希望我为他送几句话，因而有了这首诗。

人生往往祸福相倚，病后可能就是健康，因为人们因病可能更加重视自己的身体。

捌 砚田纪实

除夕夜感怀

春晚帷幕徐徐开，
龙飞凤舞笔端来。
耳听手挥除夕夜，
乐此不疲守书台。
大江东去望海潮，
怒发冲冠铺满斋。
岳飞柳永苏东坡，
词圣激我写情怀。

（2006 年除夕）

　　我 2003 年 3 月开始学习书法，并且每年除夕写一幅书法长卷。2004 年写苏东坡的《念奴娇·大江东去》，2005 年写柳永的《望海潮·东南形胜》，2006 年写岳飞的《满江红·怒发冲冠》。写完之后，我余兴未尽，作"打油诗"一首。

　　这是我学格律诗之前唯一的一首诗。

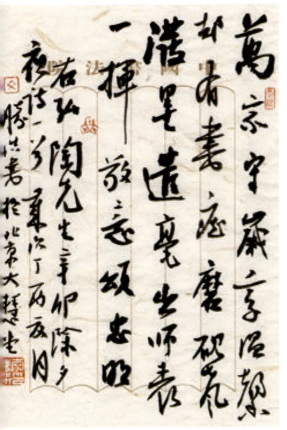

书家·李胜洪
中国书协理事、中国书法院副院长

辛卯除夕夜

万家守岁享温情，
却有书痴磨砚声。
泼墨遣毫出师表，
一挥敬意颂忠明。

（2011 年 1 月 22 日）

　　自2003年学习书法以后，我每年除夕坚持写一幅草书，长卷为主，也写条幅。2010年9月，国家行政学院书画院为我举办了《周文彰除夕书法作品展》。同年12月，习近平同志视察国家行政学院，在院史陈列室，他在马凯同志观看书法展照片前，关切地问我除夕书法的情况，并风趣地问我写没写《出师表》。于是，我定在辛卯除夕书写《出师表》，并以诗表达这一计划。诗中"明"即孔明——《出师表》作者诸葛亮。
　　按格律要求，诗中"出师"二字应互换位置。

237

砚田纪实

书家·武春河
中国书协原理事，中央直属机
关书画协会主席，北京元亨书
画院院长

壬辰除夕夜

春江花月夜思浓，
朗映千秋意动容。
骤墨驰毫情入境，
鞭鸣炮响已辰龙。

（2012 年除夕）

2012 年是农历壬辰年（即龙年）除夕，我书写张若虚诗《春江花月夜》。这是我第九个除夕书法。

《春江花月夜》是唐代诗人张若虚的作品。此诗共三十六句，每四句一换韵，以富有生活气息的清丽之笔，创造性地再现了江南春夜的景色，如同月光照耀下的万里长江画卷，同时寄寓着游子思归的离别相思之情。诗篇意境空明，缠绵悱恻，洗净了六朝宫体的浓脂腻粉，词清语丽，韵调优美，脍炙人口，乃千古绝唱，有"以孤篇压倒全唐"之誉，闻一多称之为"诗中的诗，顶峰上的顶峰"。

会员培训

会誉乾坤振艺林，
员声鼎沸动初心。
培元固本常青树，
训典甘霖润素襟。

（2016 年 8 月 16 日）

中国书法家协会第三期学习贯彻习近平总书记文艺工作座谈会重要讲话精神专题研讨班在辽宁营口市举办，安排我讲课，饭后散步时作此藏头诗《会员培训》。会，指文艺工作座谈会；员，即中国书协会员。

砚田纪实

时间在于安排

习书赏帖哪来时？
饭后茶余节假期。
差旅无分家内外，
候机下榻总临池。

（2012 年 5 月 28 日于南昌至吉安路上）

我 50 岁开始学习书法，短短几年进步显著，经常有朋友困惑地问我公务如此繁忙，是如何找时间练书法的。我回答："时间是安排出来的，不是挤出来的！"这首诗即说明我是如何安排利用零散时间，聚沙成塔，勤于练习的。

诗中"家"指代本国，意即原句"国内外"。原句为"国内外"。潘衍习老师看出系三仄尾。

在德国法兰克福机场候机大厅临《十七帖》

在首都机场临《十七帖》

2006 年 2 月 19 日凌晨，在希腊雅典酒店房间，作者把废纸练成了黑纸

在内罗毕机场

在香港宾馆

一学钟情

五十知天始学书，
素颠起步辟新途。
一临上瘾情难舍，
弄草终身到海枯。

（2012 年 7 月 15 日　新韵）

一学钟情——弘陶书法展，2012 年 7 月 14 日在位于北京台湾街的艺铭东方艺术中心开幕，中国书协主席张海先生作序，著名书法家李铎先生题写展名。此诗为解释展意而作。

2003 年我初学书法时也从楷书练起，但很快改练草书。素颠即唐代大书法家怀素和张旭，他们都以草书名世，"素颠起步"喻意我学书法是从草书开始的。弄草即把草书作为业余乐事去对待，故我的斋号叫弄草堂。

陕西高建军先生篆刻了这首诗。我的常用印章许多是他刻治的。可是他英年早逝。这里特意表达我对他的深切怀念。

自书《一学钟情》

仰润之

墨洒峰峦云海涌，
龙蛇笔下势呈雄。
相差岂止一花甲，
所幸狂书共祖宗。

（2007年5月　新韵）

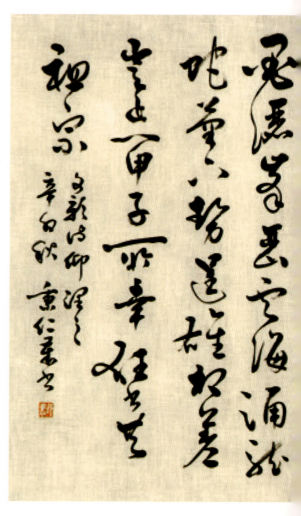

书家·邵秉仁
中国书协顾问、第五届中
国书协副主席

　　润之先生（即毛泽东主席），长我六十，同属小龙。在我学习草书的过程中，他的书法风格对我影响很大。诗即感此也！2013年恰逢毛泽东主席诞辰120周年，谨以收录此诗表达我对他老人家的怀念之情。

草　书

点划神游织画图，

缤纷墨色淡浓枯。

疏能跑马长留白，

密不穿风巧用乌。

纵列连绵牵带细，

横行交错竖钩粗。

中锋行笔求苍劲，

偏侧淋漓伴玉壶。

（2015 年 11 月 18 日于南京南站）

　　我早有计划写一组关于书法的诗，没有实施。今天 15:25 从南京飞成都，参加明天国家行政学院公务员培训中心在成都行政学院召开的"上好公务员培训课理论研讨会"。由于我看错了时间，提前 2 小时到了禄口机场，正好给了我散步写诗的机会。长，擅长。

"仰润之"刻石，立于山东临沂市书法广场。

245

习书实录

闲来一站数钟头，
读帖临摹不想休。
小草连绵图畅快，
行书稳健治飘浮。
如椽斗笔横粗犷，
似指长锋线顺柔。
醉素颠张门下客，
羲之圣殿梦常游。

（2016 年 2 月 20 日）

醉素，唐代狂草高僧怀素；颠张，唐代草书大家张旭；羲之，书圣王羲之。

闲来一站数钟头 读帖临摹不起休
小草连绵圆畅快 行书雅健活瓢
浮如橡斗笔横粗 攦似指长锋
钱顺柔破素颜 张门不罢义三
圣殿梦常游

文静先生嘱书其诗一首 丙申秋日南渐

书家·陈中浙
中国书协理事、教育委员会副
主任、中央党校哲学部教授

书法的价值

文薪毋断在弘扬，
化古催新墨艺香。
宝藏千年寻术道，
中华瑰艳亦陶钢。

（2015 年 9 月 27 日于宝应）

    宝应县中学，位于我家乡宝应县县城，俗称"宝中"。创办于1928 年，1980 年被列为江苏省首批办好的重点中学，2006 年被江苏省教育厅评为江苏省四星级高中。2013 年初，经江苏省教育厅批准，更名为"江苏省宝应中学"。

    2015年9月27日上午，应潘文新校长之邀，县书协主席吴晓荻、副县长顾锡芳、教育局局长蔡祥云和我同去宝中，商讨设立弘陶艺术馆事宜。宝中因多次搬迁，文脉面临断裂危险。潘校长决议让薪火相传。晚上我在扬州行政学院校园散步成诗，藏"文化宝中"和"弘陶艺术"于诗中。

中国印

刀写阴阳方寸间，
从金到篆万般颜。
圆朱细线连今古，
满白粗痕见苦艰。

（2016 年 7 月 18 日）

　　昨天，道友彭一超兄来信，邀我为其家乡衡阳石鼓印社成立 30
周年题词。今天散步成诗，以备书写志贺。2016 年 7 月 18 日 22:01
成于国家行政学院紫藤长廊木凳。

2009 年故宫中秋招待会

嫦娥仙子躲苍穹，
凭任风狂闹故宫。
一袭单衣寒刺骨，
饥肠冷饭趣无穷。

（2010 年 7 月 28 日于福州至北京飞机上）

书家·朱雷刚

　　10 月 18 日晚，2009 年"太和邀月——故宫中秋招待会"如期举行，狂风寒流却不期而至。太和门广场明月不再，飞沙走石，桌椅东倒西歪。出人意料的是，招待会照常进行，别有一番情趣。

中央国家机关春季笔会

春和日丽耀京华，
雅集如磁聚百家。
不变朱颜朋友老，
笔挥一纸尽新葩。

（2012 年 4 月 8 日）

　　中央国家机关 2012 年新春书画交流笔会今天下午在北京举行。大家艺兴大发，挥毫泼墨，共创作书画作品 200 余幅，此诗是我即兴而作。

中华书局雅集

旧日墨含香，
源流历世长。
群贤挥洒颂，
诗赋满庭芳。

（2013 年 3 月 23 日）

今天，中华书局百年老社举办"中华名家雅集——近三百年学人翰墨"个人收藏展及新书发布。席间以"旧时墨香，萋萋春日"为题作诗吟唱、挥毫泼墨，意在以今日笔墨续旧时墨香，为后人留下一段佳话。我偶然被雅集主人、中华书局的包岩女士邀请并在雅集上讲话，成为后补名家，甚为高兴。

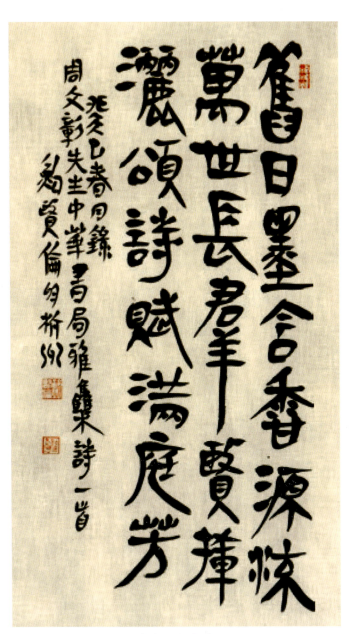

书家·鲍贤伦
中国书协理事、浙江省书协主席

253

砚田纪实

风光好·美丽春天笔会

艳花开，
素花开，
美丽春天好友来，
乐盈怀。

吟诗作对争挥洒，
轻呼气，
吹散阴云及雾霾，
尽豪才。

（2013年5月4日）

中国行政体制改革研究会行政文化委员会以"美丽春天"为主题举行名家笔会，要我致辞。讲什么呢？一向不愿意应付了事的我，决定写一首词在致辞结束时用，以强化致辞的效果。为此，我写下生平第一首词，《风光好·美丽春天笔会》我称之为"词林开步"。

今天用的效果非常好，以至于事后有朋友对我说："词比诗好听，且风趣幽默！"

书家·张利国
中国书协会员、中央党校哲学博士

255

自书《中韩墨情》

中韩墨情

中天挂艳阳，
韩友聚华堂。
墨色传书艺，
情深点线香。

（2013 年 10 月 25 日）

　　第八届中韩名家邀请展，由中国人民大学艺术学院与韩国驻华文化院联合主办，下午 4 点在北京韩国驻华文化院开幕。我应主办单位郑晓华教授邀请参展并开笔。为此，我当场赋诗一首。中韩书法名家邀请展自 2006 年以来每年举行一次。目的在于构建中韩书法高层学术平台，为老中青三代书法家互相交流学习、发展友谊搭建桥梁，延续中韩两国的传统友谊和历史文化血脉，推动东方艺术的世界传播。

甲午中秋雅集

嫦娥舞袖拂朝阳，
漾起周天水墨香。
乐得吴刚斟桂酒，
人间雅集月宫狂。

（2014 年 9 月 3 日）

晚上 9 点，中央数字书画频道在北京朝阳公园举办中秋雅集。

上巳雅集

上巳春光美，
骋怀聚水边。
追源思逸少，
盼圣赐回笺。

（2014 年 4 月 8 日）

砚田纪实

　　中央数字书画频道在北京朝阳公园小湖边举办上巳雅集，主题是"致书圣王羲之的一封信"。主题新颖别致，应邀而欣然参加者众。我现场有感写成这首诗，并对着摄像机镜头接受采访时朗诵了这首诗。收入本书有改动。

自书《致书圣王羲之的一封信》

此次雅集，我写给王羲之的信全文如下：

羲之先生如晤：

兹有书痴弘陶，无缘蒙您面授书道，然仰慕先生"兼撮众法，备成一家"之造化，循墨迹以求书理，读飞白以悟情致，师法先生临池不辍久矣！

遥想当年，山阴雅集，群贤毕至，畅叙幽情，遂有《兰亭集序》千古流芳，书苑名家极力推崇也！返观今朝，民族崛起，文艺复兴，习书论书藏书蔚然成风，而轻传统借创新行浮躁者亦大有人在，令人担忧。

是故，余择此福地，敬仿先生之善举，建书院，承传统，弘书艺，不求名利，但尽匹夫之责耳！倘若先生得闻此事，不知以为然否？

甲午清明节弘陶顿首

书法音乐会

音符奏响友情歌，
点线连绵示泰和。
乐曲华书无国界，
琴声墨色兴秋波。

（2015 年 9 月 13 日）

　　上午，由中国外文出版发行事业局支持，人民画报社、中国中央电视台网络台、驻华使节及夫人才艺大赛组委会、中国歌剧舞剧院主办的"友谊之声——中国书法音乐会暨外国驻华使节与书法家联谊会"在北京钓鱼台国宾馆举行，来自近 100 个国家的 150 位驻华使节及夫人，以及来自大陆、港澳台的 150 位著名书法家出席了此次活动。

　　此次活动通过交响音乐和中国书法相结合、外国友人与中国书法家同台书写的形式，呈现了东西方文化交流的艺术盛况，向世界展示了中国人民维护和平、传递友谊的精神。

　　我参加了此次活动，并于 9:40 急就此诗，以供上场书写于百米长卷。

送福字写春联现场

书家·陈洪
中国书协理事、海南省书协副主席

争先恐后等春联，
尽兴挥毫众手牵。
喜庆红宣悬广厦，
吉祥墨迹慰心田。
大妈托起连声谢，
老伯铺开逐行研。
更有精明献妙计，
装框改挂客厅前。

（2016 年 1 月 29 日）

今天，即农历乙未年腊月二十一，我参加中国书协中直分会组织的"中国书法进万家——走进河北廊坊广阳区王寨村公益送千福写春联活动"，返程时我酝酿了这首七律。

261

贺书画频道五周年

中央数字书画频道播出的
作者专题片

飞龙走凤笔生花，
翰墨荧屏乐万家。
五载辛劳终厚报，
丹青永记誉中华。

（2011 年 8 月 28 日）

　　书画频道全称中央数字电视书画频道，创办于 2006 年 7 月 18 日，以弘扬书画艺术传统、推动书画艺术普及、发掘书画艺术瑰宝、打造书画艺术传播平台为宗旨，是为书画家、艺术家和广大艺术爱好者提供交流和服务的数字电视媒体。

　　2010 年，我从海南调到国家行政学院工作的第二年，书画频道为我精心摄制了专题片《书画人生——周文彰》，多次播出。此后，《周文彰的除夕书法情》《周文彰——再造生活》等专题片，也经频道董事局主席王平先生同意，在该频道播出。

　　在书画频道成立五周年之际，我应王平先生之邀参加庆典，无以为礼，作诗一首并手书为贺。

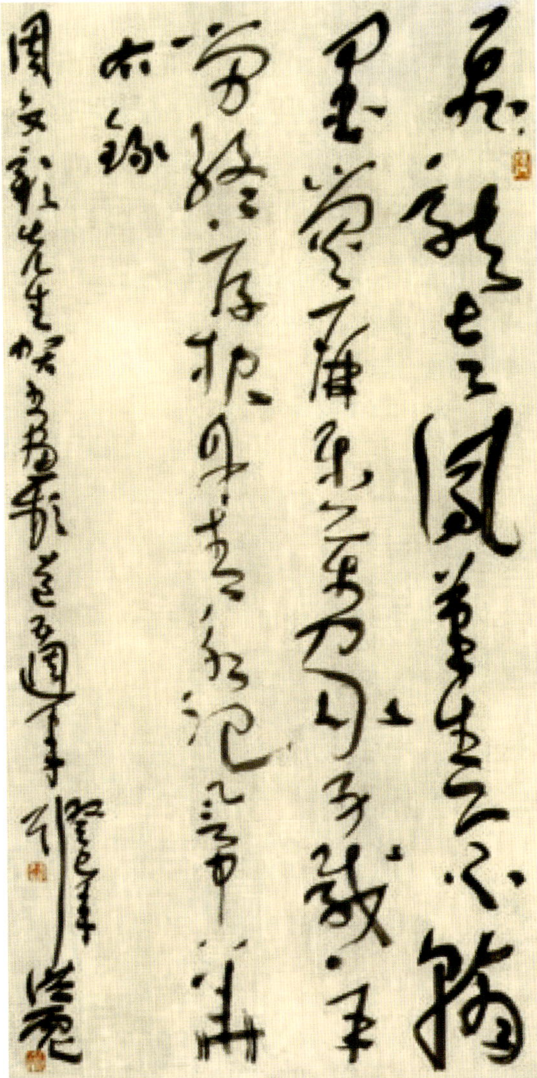

书家·刘洪彪
中国书协副主席、第二炮兵政治部
文艺创作室副主任、国家一级美术师

中国书法院

书坛殿立十年前，
创举连篇广聚贤。
最是申遗弘国粹，
疯传短片激情燃。

（2014 年 5 月 9 日）

今年11月，中国艺术研究院中国书法院成立十周年，计划在中国美术馆举办书法展，邀请研究员提供作品一件。于是有这首《中国书法院》。收入本书有修改。疯传短片激情燃，即指书法申遗专题片被竞相转发，激发了国人的文化自信。

《书法导报》诗

书家必读案头珍，
法术争峰五彩缤。
导向从来真善美，
报端屡见艺高人。

（2016 年 8 月 12 日）

与王荣生兄通话，得知《书法导报》即将迎来而立之年，我欣
然在校园散步成诗，翌晨卧炙酌定。

砚田纪实

忆张老作书

斗笔徐移飞虎动，
凝神静气款归龙。
东来紫气堂添彩，
字字珠玑意更浓。

（2007 年 8 月 13 日）

　　我第一次去看张文湛老人是在 2004 年初夏，那时他已是 92 岁高龄，但耳聪目明，反应敏捷，行动灵活，令我感叹不已。更令我惊喜的是他的专用书房，文房四宝一应俱全。只是他很少用。

　　我鼓动他多练字。我说，练字就是练气功，练字就是强身健体。他高兴地答应，并热情地邀我常来一块写。我就这样走进了他的晚年生活，他就这样成了我的忘年书友。

　　我们合写的第一幅字是"精气神"。我写大字，他题款；一式两幅，我们各留一幅。显然，老人很喜欢这幅字，装裱后一直挂在屋里。后来，他独自写了"精气神"三个字送我。正是这一次，我们开始了一种书写模式：一个写字，一个题款；他写则我题款，我写则他题款。他写他擅长的，我写我拿手的，比如，他写"虎"，我写"龙"；他写"飞"，我写"归"。张老的榜书"飞"和"龙"挥洒自如，为我所书之"归"和"龙"题款一丝不苟，还赠以"紫气东来"等佳作，留给我许多美好的回忆。

张瑞龄楷书赞

张公楷健雄，
瑞气溢神工。
龄少攀书艺，
高峰立此翁。

（2012 年 10 月 10 日）

　　参加张瑞龄先生的书法展时，我突发奇想：写一首藏头诗。这是我的第一首藏头诗。

　　张瑞龄是中国当代著名书法家，以楷书著名。他6岁开始学习书法。他的书法作品结构严谨，方正奇妙，稳健灵动，线条刚中藏柔，韵律丰富，古典厚实。国内著名的华北英雄纪念碑，碑的正面是毛泽东同志题词，碑的右面是邓小平同志题词，碑的左面是江泽民同志题词，碑的背面则是由张瑞龄先生书写。他的作品多次作为国礼珍品赠送给外国元首和政要。

观徐利民书画篆刻展

纵情蘸墨醉东风，
五体精书显厚功。
斗大青花方寸印，
林涛满壁势浑雄。

（2012 年 6 月 22 日）

徐利明，南京艺术学院书法篆刻教授，博士生导师，留学生院副院长，中国书协理事、江苏省书协副主席、南京印社社长。从事书法篆刻艺术的教学、创作、史论研究与教学法研究，并擅长中国画，兼攻旧体诗。

今天，"醉东风徐利明书画篆刻展"在江苏省美术馆新馆隆重开幕。我应利明兄特别邀请，出席了开幕式。在开幕式上，利民表演榜书"醉东风"三字，每个字都比人高，一气呵成，赢得热烈掌声。展出的20余件作品，融诗、书、画、印、瓷为一室，书法真草隶篆皆精。由9张丈二整宣并列合成的通景屏《"清奇古怪"汉柏图》，可以看出利明兄传统中国画经典的功夫。青花瓷器绘画作品清新典雅；紫砂壶上单刀刻书画作品古朴厚重；篆刻作品涉猎广博，各具风采。

观展期间我与利民兄合作完成的瓷瓶。利民画桃花，我题诗。

仰林老散之先生

巅峰一管毫，
墨润万千桃。
未面终生憾，
崇情逐浪高。

（2016 年 4 月 2 日）

今天，林老散之公子筱之先生，嘱倪洁女士电我，林散之纪念馆即将落成，邀我写四尺对开竖幅，供刻碑之用，这让我欣喜不已。遂成句。

更让我喜出望外的是，筱之先生收到后当即赋诗一首并以隶书书之寄我："江南有皖毫，欲授李和桃。叹未遇颜子，老心空寄高。"

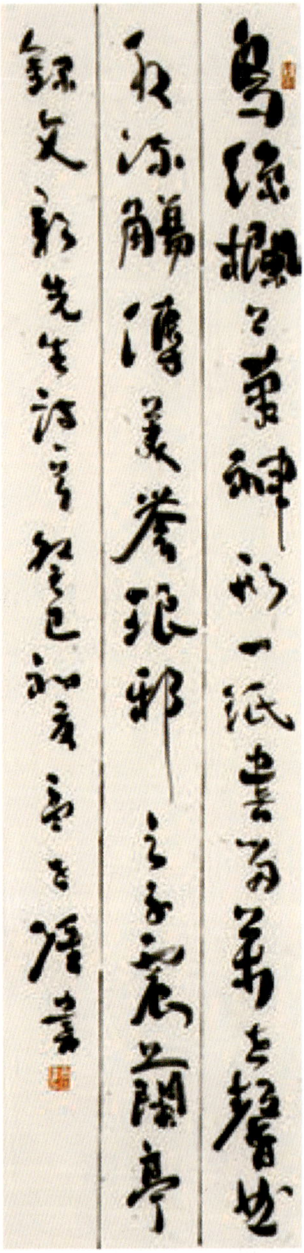

砚田纪实

琅邪之子

乌丝栏上笔飞灵，
一纸书留万世馨。
曲水流觞传美誉，
琅邪之子震兰亭。

（2010 年 7 月 30 日）

书家·孟世强
中国书协原理事，青海省美术家协会名誉主席，
中国人民革命军事博物馆政委、少将

　　王羲之（303—361），字逸少，出生于江南洛社（今江苏无锡市江南洛社惠山区洛社镇），祖籍琅邪临沂（今山东临沂），后迁居会稽山阴（今浙江绍兴）。

　　王羲之是中国最具盛名的书法家，有"书圣"之称。又因为他曾任右军将军，世称"王右军"。

　　东晋穆帝永和九年（353），王羲之和当时的名士谢安、孙绰等41人，于三月三日在会稽郡山阴的兰亭集会，他们曲水流觞，饮酒赋诗，各抒怀抱，最后由王羲之作序一篇，总述其事，是为《兰亭集序》。这篇《兰亭集序》，奠定了他在中国书法史上的地位。

　　王羲之故里山东临沂市大力弘扬王羲之书法文化，修建了在全国堪称一流的书法碑刻广场，举办书圣艺术节和各种书法艺术展，传播了临沂形象，推动了临沂发展。临沂市邀请我出席2010年9月举办的"首届中国王羲之书法艺术（行草）大展"。我写下了这首诗。

　　乌丝栏就是书法作品中常见的黑线条或墨格子。《通雅·器用》云："乌丝，笺之画栏者也。"也有红色的，叫"朱丝栏"。黄庭坚的《跋杨凝式帖后》诗云："世人但学兰亭面，欲换凡骨无金丹。谁知洛阳杨风子，下笔便到乌丝栏。"黄庭坚诗中以"乌丝栏"借指《兰亭集序》，因为传说《兰亭集序》的真迹是写在有乌丝栏的笺纸上的。

米芾书法公园

一廊九馆绕山梁，
米字倾心尽数藏。
细刻精雕时少见，
催人弄墨效元章。

（2015 年 11 月 15 日）

　　此诗为参观镇江丹徒米芾书法公园有感。米芾，字元章，是北宋著名书法家、鉴藏家、美术理论家，在丹徒生活达四十年之久，并逝世于此、长眠于此。米芾书法公园位于丹徒新城十里长山文化园西北侧，占地面积40.5公顷，分为书法体验区、书法展示区、书法教研区和文化休闲区。米芾书法刻石碑廊为公园核心景区之一，并与"瑞墨轩""南宫书房""绍兴米帖馆""松桂堂""群玉堂""英光堂""宝晋斋""丹徒米帖馆""米南宫帖馆""长至馆"连接而成"一廊九馆"，自下而上绵延680米，跌宕起伏，气势恢宏，展示了重刻宋拓米帖184件、新刻丹徒米帖64件及历代书家题赞米帖之有关史料，聘请当今石刻名家按原件等比例手工雕凿镌刻，堪称国内外米芾法帖集大成者。

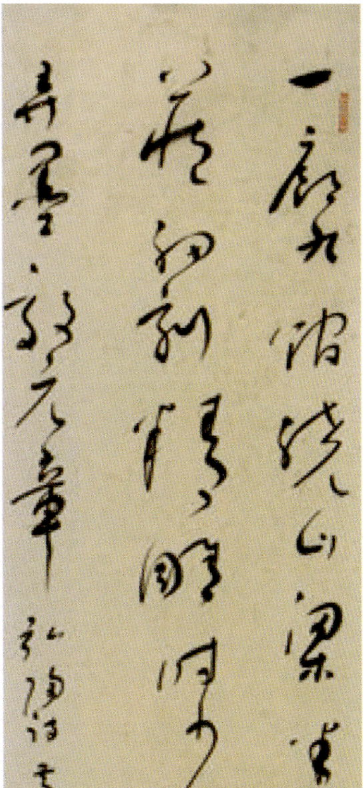

书家·黄荣生

海南省书协副主席、琼州学院副教授

砚田纪实

寻文房四宝

钟情端砚眼，
鸡血更心贪。
贩口惊天价，
终收石带蓝。

（2012 年 10 月 13 日）

　　赴杭州参加国家行政学院社会和文化教研部主办的政府文化管理论坛，恰逢会展中心"文房四宝"展销。我兴致勃勃地入内淘宝，发现宝物虽好，价格吓人。端砚、寿山石、鸡血石……在小商家手中一件件动辄喊出几千、数万的价格。好东西不一定要拿到手珍藏才好，能够在展销会上一下子观赏到那么多宝贝也是一种乐趣。最后以 4000 元买了一方端砚，用 600 元带走两方蓝带青田印石。所谓蓝带，即蓝色带纹的青田石。

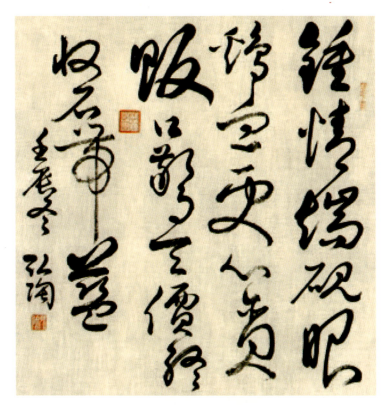

自书《寻文房四宝》

祭蔡伦

动笔油然想蔡尊，
发明渐次变乾坤。
奇情假定如无纸，
现世文明恐不存。

（2011 年 9 月 12 日）

　　蔡伦（61—121），字敬仲，东汉桂阳郡人。作为一名古代宦官，他曾在昂贵的丝绸和竹板上书写过，但是，他改进了造纸术，用树皮、鱼网和竹子压制成纸。造纸术的改进彻底改写了后世中国乃至世界的历史，也使蔡伦屹立于古今中外的杰出人物之列。

买印石

甩卖诱人声，
琳琅印石城。
横心连砍价，
不敌贩精明。

（2013 年 2 月 15 日）

　　正月初六夜晚的南京夫子庙，五彩缤纷的灯光下人山人海。我们饭后在核心景区散步观景。走着走着，印石店堂内"全场一折"的大字广告吸引了我。我走进店去，只见一片狼藉，包装盒、纸、塑料泡沫遍地皆是，仿佛今天大甩卖，明天就关门。橱架上，寿山石雕、青田石雕在灯光照射下更加可人，价格标签上几万、十几万、一百多万，看得我心里发怵。

　　我在一个摆着各式印石章料的橱子前停下来，一个小伙子走上前来，大声问我：这个要吧？ 2600 元。那个要吧？ 1200 元。说着，用手在全部章料上划了一个圈：这一柜子 16 个全给你，6800 元。我一听十分惊讶：好几块寿山石啊，总报价这么低？随即作好买的心理准备，脑子一转，应声道：3000 元！没想到，他先一副伤心的样子，然后一跺脚：亏大了，拿走！

　　就这样，走了两家店，几乎在同样情境中，我总共以 5500 元买了三批印章，共 36 方。

　　回到住地，我逐方擦拭端详，发现 3 方裂石，轻轻一掰，便成碎块。

　　我把这堆印石拍成照片发给行家得知，所谓的寿山石，是从外国进来的，何国不得而知。

　　我到现在还在想：6800 元，假如我出 2000 元，不知能否成交？

　　这些石头，现在摆在北京家里，外表的油已经风干，块块石头干得发白，有的正在开裂，"润"字已无踪影。这是我迄今买的最差的印石。

　　什么叫"只有错买，没有错卖"？我更懂了。

砚 艺

飞龙舞凤日当空，
月照池塘醉钓翁。
砚石柔绵成画卷，
神思妙构在雕工。

（2013 年 3 月 16 日）

　　自从结缘书法，我便钟情于文房笔、墨、纸、砚、印石。砚台和印石，由于用料考究，制作精美，易于保存，有很高的鉴赏、收藏价值。我利用差旅闲暇，探访一些著名的文房笔、墨、纸、砚、印石产地，我谓之"书法朝圣"。我去安徽看了徽墨、歙砚、宣纸，去青田县看青田石，去寿山乡看寿山石……每次都是大开眼界。

　　这次到广州参加好友邓维龙诗集的新书发布会，顺道再次来到了砚都——肇庆。非常幸运，此次肇庆之行，我结识了黎铿、麦锐添两位大师，参观了他们的砚艺作品展厅，见到了很多端砚珍品。端砚居四大名砚之首，自古十分名贵，近年几大名坑砚材枯竭，名坑"封坑"，端砚身价日升。石质与雕工，决定砚台的身价。看着展厅一块块根据石纹、石眼设计精巧的端砚，不得不感慨于大师们的奇思妙想，匠心独运。

　　在麦锐添大师的展室，我应邀写了横批"紫石生辉"四个字，没想到 3 个月后，麦锐添大师来电，作为回赠，他为我刻制了一方"紫石生辉"砚台，6 月 29 日他用来京办展的机会当面送给了我，让我喜不自胜。我回赠了一幅书法，写的就是这首诗。

书家·赵雁君
中国书协理事、行书委员会秘书长，
浙江书协副主席兼秘书长

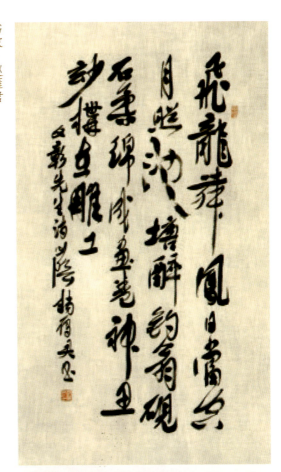

麦锐添大师和『紫石生辉』砚

我的砚台

三维六面正方形，
细腻精雕嵌画屏。
尤喜砚池如墨海，
一挥斗笔满堂馨。

（2015 年 11 月 20 日）

　　大约在2011年，北京举办一年一度的文化博览会，我特地选在
最后一天去，以便检点便宜的文房四宝。当我在琳琅满目的端砚陈
列品中看到这只砚台时，好生喜欢，它由肇庆宋坑砚石雕琢而成。
我端详半天，爱不释手，一问价，1800元，要价低得出乎我意料。
我二话没说照价买了下来。2013年6月当肇庆雕砚名家麦锐添老师
来京时，我特地请他在砚台上雕上了我的名字。这首诗今天在成都
行政学院校园散步时写就。

中国第一砚

巧雕路石出盘龙，
飞驾祥云越岱宗。
明月当空寻玉兔，
恐藏华夏砚巅峰。

（2015 年 8 月 15 日）

　　与学生同游位于京郊怀柔区境内的幽谷神潭。沿山路而上，石雕沙弥、五牛、卧佛、巨砚等引人入胜。卧佛与砚台都是由山体巨石雕琢而成，说它多大都不为过。

一得阁墨

一滴云开水泛花，
得天独享泼龙蛇。
阁藏万卷崇书圣，
墨助痴情秀晚霞。

（2016 年 8 月 4 日）

今晚参观一得阁并获董事长孟繁韶先生赠一得阁墨，遂以"一得阁墨"藏头草成此诗。首句描写墨滴清水的情形。蛇，音sha；龙蛇，喻草书。

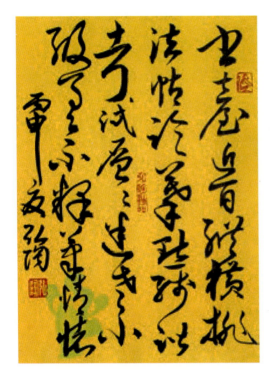

书法考级

书台近百纵横排，
法帖临摹点线佳。
考试层层迷老小，
级差不释笔情怀。

（2016 年 8 月 5 日）

　　中国书协书法三级考试终考，今天在北京海淀区民族小学举行，上午是书法临摹创作考试，下午为理论考试，委派石跃峰、颜振卿和我负责监考工作，陈洪武书记全程参加。考生年龄最小的 17 岁，最大的 82 岁。尽管参加考级的动因不尽相同，但他们都饱含对书法的挚爱和追求。可以想见，无论考试成绩如何，他们对书法的挚爱和追求不会受任何影响。

弘陶艺术馆开馆补记

小官大智涌文思，
书院铭牌甲午时。
贺作清香香气爽，
名家妙语语音怡。
砗磲袒脯迎宾客，
沉木陈情致祝辞。
满壁龙蛇诚颔首，
一鳞一爪故乡滋。

（2017 年 5 月 2 日）

弘陶艺术馆挂牌转眼3年了。小官，双关语，既指我的家乡小官庄镇，又指决定创办弘陶艺术馆的家乡基层干部；砗磲沉木，海南朋友捐赠艺术馆的礼品；满壁龙蛇，指我的草书作品。

2014年1月10日，"文化名家走进小官庄"活动标志着弘陶艺术馆建成开馆。崔如琢、于丹、万伯翱、言恭达、吴东民、李啸等文化名人，祁荣祥将军，海南文化界领导和朋友张萍、李福顺、张金山、陆文荣，收藏家姜佩华、王昌庆，扬州市及其文化界领导卢桂平、刘俊、杨小扬，宝应县相关领导和文化名家共20多人齐聚弘陶艺术馆，举行文化报告会、书法笔会。全国政协书画室等10余家首都文化单位致信祝贺，江苏省领导石泰峰同志发来贺电。中国书协副主席申万胜等名家馈赠祝贺书画作品近百件。欧阳中石、苏士澍、刘大为、崔如琢、张瑞龄等书画大家先后为艺术馆题写馆名。

弘陶艺术馆是在县镇两级党委政府主导下创办的，因其宗旨"弘扬优秀文化，陶冶公众情操"而得名，老同学李士华任馆长。开馆三年来，在县有关部门大力支持和指导下，士华馆长不负众望，忠于职责，长于策划，积极工作，馆藏不断丰富，功能不断扩展，成为县书法家协会创作基地、县中小学生素质教育基地、县社会科学普及示范基地、县廉政文化教育基地。艺术馆设立弘陶基金会，服务社会，造福乡里：设立弘陶之星奖教奖学金、扶危济困金、公益赞助金，成立弘陶艺术团等。

弘陶艺术馆已成为家乡公共文化服务基地，成为当地的一张文化名片。

玖 凡事闲叙

忆琼中三月三开幕式

黎苗三月三，
鞭炮震山峦。
妹佩银头饰，
郎缠红顶冠。
歌甜迷店嫂，
舞美醉羊倌。
余伴悠扬曲，
挥竿脚步欢。

（2012 年 10 月 20 日）

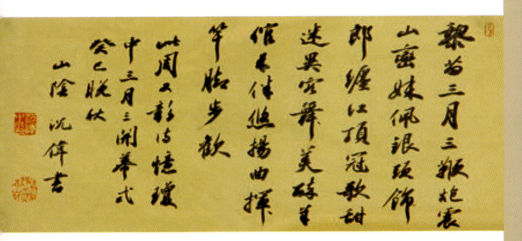

书家·沈伟
浙江省书协主席团委员、绍兴市书协主席、
绍兴文理学院兰亭书法学院副院长

　　"三月三"是海南黎族苗族人民庆贺新生、祈盼丰收、祭祀祖先、赞美生活和歌颂英雄、歌颂爱情的传统佳节，是黎族苗族人民最盛大的节日。每逢"三月三"，黎族苗族人民就通过跳竹竿舞、民歌对唱等方式来庆祝节日。

　　2007年4月19日，海南省黎苗三月三节开幕式在琼中县举办，我应邀出席。开幕式盛况空前，至今历历在目。

　　诗中"郎缠红顶冠"的"缠"，先后用过"戴""围"，李景新老师提出用"缠"，既贴切，又合平仄。"挥竿脚步欢"，指跳竹竿舞。

自书《上海世博》

上海世博会

文明瑰宝汇东方，
展馆纷呈万国装。
高耸华冠红一色，
风骚独领映天光。

（2010 年 4 月 29 日）

世界博览会（World Exposition、world's Fair），又称国际博览会、万国博览会，第一届于 1851 年在伦敦举办。2010 年上海世界博览会为第四十一届，2010 年 5 月 1 日开幕，同年 10 月 31 日闭幕。

上海世博会以"城市，让生活更美好"（Better City, Better Life）为主题，总投资达 450 亿元人民币，创造了世界博览会史上最大规模的记录，同时超过 7000 万的参观人数也创下了历届世博之最。

中国国家馆以"东方之冠、鼎盛中华、天下粮仓、富庶百姓"为设计理念，以大红色为主要元素，表达了中国文化的精神与气质，光彩夺目，叹为观止。

为祝贺上海世博 2010 年 5 月 1 日开幕，我作此诗并以草书写就，发表于 5 月 2 日《人民日报》世博专版。原诗如第 291 页赵学敏先生所书：文明瑰宝汇申江，四海宾朋共举觞。万众齐心描锦绣，百年世博美名扬。这里收录的，系在原诗基础上修改而成。

我还写了 4 幅团扇，盖上了 140 多个国家馆纪念章，收藏纪念。

文明观宝迹申江，海寰瀛。
莽天东西三通心描练，
自信博美久扬。

同立新上海老怕仿
三原赵学敏书

书家·赵学敏
中国书协原理事、全国政协书画室副主任

中越研讨会

滨城盛夏爽心凉，
手足深情越界疆。
共探洁身防腐恶，
踏波跃障自驰翔。

（2013 年 7 月 29 日）

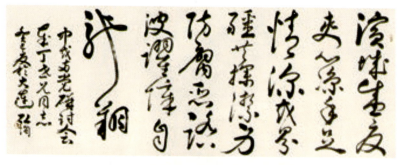

自书《中越研讨会》

　　2013 年 7 月 27—29 日，中越两党以党风廉政建设为主题，在大连召开第九次理论研讨会。其间，越共中央政治局委员、书记处书记、宣教部部长丁世兄嘱书，于是成句。

诸暨千年香榧林

清香沁腑密林前，
怀古思今一树牵。
三代同枝奇异果，
富民绿岭客流连。

（2013 年 4 月 21 日）

香榧是我国特产的果树，属紫杉科榧属，为常绿乔木，其果香榧子是世界稀有干果之一。在所有树种里，寿命能长达千年且盛产不衰的，只有银杏和榧树（香榧是榧树的唯一优良品种），而银杏广泛分布于我国的东部地区，从东北到海南岛都有，并不稀少，香榧却只生长于会稽山脉等很小的区域。

香榧树雌雄异株，有性繁殖全周期需29个月，一代果实从花芽原基形成到果实成熟，需经历3个年头，每年的5至9月，同时有两代果实在树上生长发育，还有新一代果实的花芽原基在分化发育，人们称之为"三代同树"。

香榧树经济价值很高。香榧可以入药，有化痰、止渴、清肺润肠、消痔等功效，香榧果衣还可驱蛔虫。另外，香榧树身纹理致密，既耐水湿又不易变形，可用来制作家具、造船和工程建筑，其树皮还可以提取单宁。生鲜的榧壳含有柠檬醛，提纯后可作化学芳香油。当地村民告诉我们，一株大的香榧树，每年可以带来几万块钱的收入。

好时光·共同家园

雨过骄阳如火，
斑竹静、树婆娑。
鲜绿诱人人入处，
横蹲两白鹅。

莫问何偶遇，
避酷暑、躲蒸锅。
会意舒心笑，
共享一凉窝。

（2013 年 7 月 16 日）

幽 径

弯曲如蚯蚓，
斑斓像小蜈。
清晨闻履响，
夜晚侣情浓。

（2012 年 8 月 25 日）

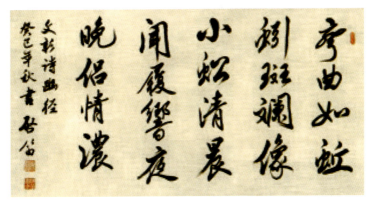

书家·启笛
中国书协理事、中国书法艺术研究院院长

　　京城昆玉河畔，有一雅静的小路，蜿蜒曲折，如同蚯蚓。路面铺着色彩斑斓的鹅卵石，又似蜈蚣。路被密林覆盖，富有曲径通幽的意境。早上这里是晨练散步者的绝佳选择，傍晚就成了年轻情侣们的天地。

池　泳

一池浪水满池人，
女蹭男摩不较真。
蝶舞翩跹蛙点首，
多姿竞泳秀青春。

（2012 年 2 月 12 日初稿，10 月 6 日改定）

过去我长期以忙为理由，不重视体育锻炼，到了2005年，血压高、血糖高、血脂高"三高"齐全了。我只得"亡羊补牢"，学会了游泳，每次500米，几乎一天不空，一直坚持了7年。

泳池里，每位泳者都在忘情地运动，没有了"男女授受不亲"的顾虑，每一次蹬腿、每一次划水，都是舒展的、随性的。泳池里，蛙泳、自由泳、蝶泳、仰泳，仿佛百花争艳，都充满节奏感和韵律感，是力与美的完美结合。游泳可以调节心肺功能，缓解压力，美体塑形，让人永葆青春，所以才有这么多爱好者沉迷于其中。

雨中散步

伞落潇潇雨，
鞋沾点点潮。
胸前苹果挂，
好似鹊连桥。

（2012年9月2日）

书家·王学岭
中国书协理事

　　1978年，我作为"七七级"，进入南京大学学习哲学，因摸底考试答卷优秀，老师决定让我免修公共英语，但我目标更高，坚持自学。妻子为了支持我学英语，毫不犹豫地花240元给我买了一台三洋录音机，而我们当时每人每月的工资才34.5元。这么多年，听英语、读英语一直是我生活的组成部分。

　　随着现代化学习设备的普及，学习英语的条件比当时好了许多，但现在的我，学习时间却有限，很多时候只能见缝插针，挤时间学。一段时间，散步听英语成了我舍得花一个小时闲逛的最大理由。有一次雨中打伞散步，耳插苹果MP3，听录音英语新闻，突然觉得这MP3不是一般的设备，倒像是连接多彩世界的桥梁。

校园散步

漫步林荫路，
穿行紫蔓棚。
兼闻天下事，
北斗笑痴情。

（2012 年 8 月 24 日）

书家·曾来德
中国书协理事、教育委员会副主任
中国国家画院副院长

国家行政学院虽然占地不大，但校园规划合理，环境优美。八月的校园，树木葱茏、绿草如茵，配上点缀其中的纪念石和雕塑等，在园中散步，有移步换景之美感。我喜欢边散步边听广播，故曰兼闻天下事。天上的北斗星见这情境，抿嘴一笑：不当宣传部长了，还这么一往情深地关注新闻！

黄荣生老师点评：作者穿行于林荫小道，低头见青草，抬头望北斗，耳闻广播，一个笑字点醒整首诗，使之情趣更美，达到心境的升华。

改学乒乓

一年苦练网球场，
扣切削发技渐强。
小臂酸疼难治愈，
多亏春凤教乒乓。

（2011 年 8 月 20 日　新韵）

书家・张铜彦
中国书协原理事、硬笔工作委员会副主任、中国金融书法家协会主席

　　我曾和一位中央领导打过一次网球，数年后再次走进网球场，领导评价："文彰同志的水平很稳定啊，几年前是这样，几年后还是这样。"一句玩笑，呵呵一乐，却让我暗下决心练好网球。一年苦练下来，水平提高不少，却因练得猛而患上了"网球肘"。为保证每日的锻炼，只好改学乒乓球。

　　春凤，全名张春凤，乒乓球业余高手，教练得法，我跟着她学受益匪浅。与教练对打，居然一口气连续击球 1075 次不掉。

299

误 入

低头奔里走，
脑海想难题。
忽闻尖声叫，
方知入错池。

（2012 年 11 月 6 日于惠灵顿）

　　初学写诗，有点像当初学骑自行车，见到自行车就想骑。上世纪 60 年代后半期，我开始学自行车。那时，自行车在农村不普及，只有城里人下乡或本地公社干部（相当于现在的乡镇干部）下村，才让我们农村孩子看到自行车。遇到熟人，厚着脸皮，要求让我骑一下过把瘾。现在我学写诗就有点这个味，见到什么都想用诗来表达，没见过的，凭想象也写，于是有了本诗。

自书《误入》

凡事闲叙

自助餐

牛油奶酪面包香，
火腿咖啡薯片黄。
品种琳琅花晃眼，
暗中愤懑豆无浆。

（2012 年 11 月 9 日于惠灵顿）

　　在澳新学习两周，最大的问题是吃不惯西餐。尽管每餐菜肴和主食的品种不少，但对吃惯中餐的我来说，可口的不多；加上我又身带"三高"（血压高、血糖高、血脂高），敢吃的东西就更少了。

太原面艺

剔尖穿洞眼，
砍面坐单轮。
美女高跷上，
银鱼落满巾。

（2012 年 8 月 11 日）

　　说起面食，自然会想起山西。山西因面食荟萃、制作精美而著称。太原的面食更是品种丰富，历史悠久，制作方法独特，浇头菜码考究，可谓誉满四海。山西刀削面、剔尖等6种面食的制作技术已被正式列为"国家级非物质文化遗产保护项目"。因吕日周同志的邀请，我去太原出席"山西省体制改革研究会"的会议，有幸前往太原饭店品尝太原面艺，真切享受了一场视觉和味觉的盛宴。

　　太原饭店的面艺表演，技艺精湛，引人入胜。面师傅骑着独轮车砍面，用筷子拨出的面条两头尖，被称为剔尖，飞快穿过设置的方形洞眼，射进远处盘中；姑娘脚踩高跷，腰转呼啦圈，挥舞剪刀，剪出的面条似银鱼般纷纷落下。

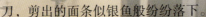

贵阳小吃

安顺牛腩粉，
香葱棘子汤。
油漂红似火，
虎咽碗精光。

（2012 年 10 月 2 日）

　　一方水土养一方人，一个地方有一个地方的独特风味小吃，贵阳也不例外。贵阳名小吃之一的牛腩粉，选用上好的黄牛肉，将米粉放入开水锅中烫透，捞入面碗内，再将切好的牛腩、酸莲白、芫荽、香葱放于粉上，舀入原汁汤，再加上特质的辣椒油，鲜香四溢，辣入心脾，不一会儿牛腩粉全进腹中，岂一个爽字了得！

贵阳午饭

迎宾笙曲美，
网蛋表情娥。
苗妹联翩舞，
徒劳抱胖哥。

（2012 年 10 月 2 日）

书家·张志和
中国书协理事、中央国家机关书画协会副主席、
故宫博物院研究员

  2012年国庆长假是在贵州度过的。10月2日，我们在一家民族
风味饭店吃午饭，苗族小伙子们吹着民族乐器——笙在门口迎宾，
苗族姑娘们用红线网装鸡蛋挂在客人胸前表达盛情，她们冷不丁合
力想把胖乎乎的客人唐健摆平抬起，却是高估了自己的力量而小看
了肥仔的重量。

海百合化石

如花又像荷，
动物棘皮科。
地覆成岩画，
无踪古海波。

（2012 年 10 月 2 日）

　　海百合是地球上最古老的动物之一，属于棘皮动物，外观却长得像植物，如百合花一样美丽，故名海百合。

　　距今大约二、三亿年前，贵州关岭地区是一片封闭的海域，气候温暖，海水湛蓝，清澈见底，到处生长着美丽的海百合。历史变迁，现在的贵州关岭，山峦起伏，景色秀美，到处是岩石，形成了一幅幅壮观的岩画。当地民众在选取岩石做建筑材料时，发现石头上有一些精美的花纹，这些花纹就是海百合化石。艺人们对化石细心进行剥雕，显露出海百合的形象。于是，海百合化石成了一幅幅巧夺天工的天然艺术品，弥足珍贵。

多种树少种草

枝繁叶茂溢花香，
大道林荫好纳凉。
少种草来多种树，
福还百姓美城乡。

（2011 年 8 月 20 日）

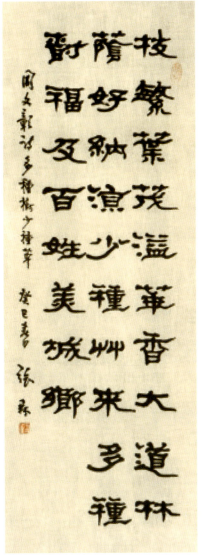

枝繁葉茂温香大道林
蔭好纳凉革种州来多種
对福及百姓少種州
《闻文章·论多种树少种草》
癸巳春 张森 [印]

书家·张森
中国书协原理事、上海市书协顾问、
上海市美学学会副会长

　　最近几年，我一直在关注我国的绿化。随着城市化进程加快，绿化得到高度重视，成就斐然。然而，绿化形式主义也在滋生蔓延。许多绿化只重形式，忽视内容；只求好看，不求中用；只管花钱，不管效益。最突出的表现就是大面积种草，种树也远离道路，造成"有绿无荫"，人们夏天走路打伞十分普遍。经济效益、社会效益、生态效益，都没有达到应有的效果。

　　我呼吁树立新的绿化目的观，植树造荫，实用第一；美化环境，造景第二。树立新的绿化审美观,树多就是美景，树老就是历史、就是文化。呼吁见缝插针种树，点缀种草，重点打造林荫大道、林荫小区、林荫大院、林荫停车场……

307

酒　局

端杯频互敬，
妙语表真情。
不醉难休战，
何时改旧行。

（2012 年 10 月 14 日）

在我国许多地方、许多时候，酒局具有特殊功能。酒局是友谊场，比如不在酒局边坐坐，怎么也不能算亲朋好友；酒局是施礼场，客人贵宾上门，无论先前认识还是不认识，不用酒席招待，似乎礼貌就没有到位；酒局是生意场，很多买卖是在碰杯间做成的；酒局是仪式，比如在一些地方，办几局酒，青年男女就算是结婚了；还有以酒局代会的，碰头商量问题，而与会者又不是很多，干脆吃顿饭吧，先谈再喝或边谈边喝；酒局还是斗富场、鸿门宴……

酒局无论承担什么功能，热闹是追求，尽兴是标志。要热闹，就要敬酒、劝酒，劝酒气氛热烈的，就成为闹酒。敬酒要说几句活表达敬意；什么也不说，只是远远提杯示意，或走到你跟前碰杯对视一眼就喝，要么是上司，要么是礼节，要么是"尽在不言中"。劝酒就要说出让人喝的道理，道理不到位或不充分，半杯也劝不下去。闹酒就要又说又辩，说得对方哑口无言，辩得对方理屈词穷，只得仰脖子喝酒。至于猜拳行令闹酒、往嘴里灌酒等，这里就不涉及了。

酒局最让人开眼之处在于语言，无论是敬酒、劝酒还是闹酒，张口就是妙语连珠。面对这些场面，我曾断言：最具创新性的语言，是在酒局上，而不是在讲台上。

热闹的结果，既有喝出友谊的，也有喝翻脸的；既有喝出健康的，也有喝坏身体的；既有喝出生意的，也有一喝再见的；既有喝出和解的，也有一喝更加纠结的……酒局的两面性是早已被无数实践验证了的。

这首诗，便是对酒局的反思。

秋 热

热浪临秋格外欢，
蝉鸣彻夜寝难安。
三餐如沐桑拿浴，
汗湿衣衫不处干。

（2016 年 8 月 11 日）

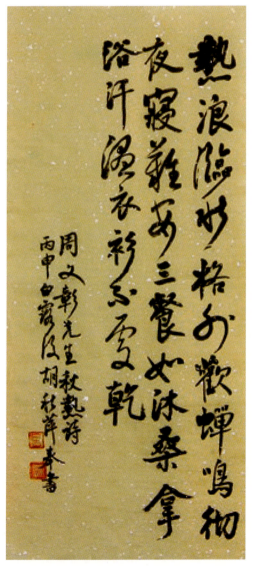

书家·胡秋萍 中国书协理事、中国国家画院研究员

立秋了，但气温似乎更夏了，每次餐后散步都要汗透衣服。

修订版后记

自2013年9月初版《周文彰诗词选》截稿以来，我写诗的热情持续高于写诗的水平，平均每年不下于150首，以七言绝句居多。2016年写了200首。

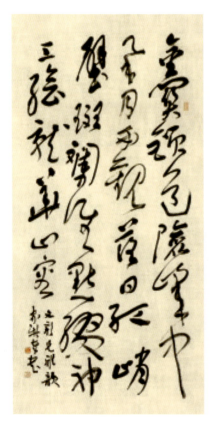

书家·王家新
中国书协顾问、中国书协原副主席

写诗的时间主要在散步或考察途中。上了路就琢磨写诗，似乎已成了习惯。

诗多了，把诗按专题分类就有了条件；微信的普及，为发布这些专题诗提供了便利和动力。于是，我的《瀑布诗》、《古镇诗》、《乡愁诗》、《咏师诗》、《过年诗》、《写给博士们的诗》，陆续进了微信朋友圈；以地名为标题的"行吟诗"，如《镇江行吟》、《哈密行吟》、《伊犁行吟》等，也在当地和朋友间传递。

诗写多了，格律、平仄、押韵就渐渐熟悉起来；诗的意境和用词也慢慢知道了如何推敲。智能手机和网络的发展，使写诗所需资料和工具书，可以在掌上随时查阅。特别是，"诗词格律在线检测"，一眨眼就能抓出诗词的格律差错。

所以，我这几年写的诗，一般不再有格律、平仄、出韵的问题了。

随之，我也萌生了把《周文彰诗词选》出一个修订版的想法。因为，用我现在的眼睛看自己以前的诗，有些就有点不顺眼；用"诗词格律在线检测"把自己以前的诗逐一"过堂"，就抓出了不少肉眼没有看出来的问题。

我的这一想法，首先得到中国出版集团副总经理李岩先生的支持。接着，集团旗下的中华书局大众分社社长申作宏先生听取了我的具体想法，并表示同意。修订版能够问世，他们两位的关心起了决定性作用，我首先要感谢他们！责任编辑傅可先生为修订版付出了不少辛劳，在此一并表示感谢。

修订主要集中在：一是增删诗词，诗词数量初版为174首，修订版删去9首，新增59首，共达224首，页码由初版的292页增加到316页；二是推敲修改，初版诗词有78首作了修改；三是调整编排框架，现在的诗词编排可以说是焕然一新；四是请书法家朋友对改动较大的诗重新书写，并

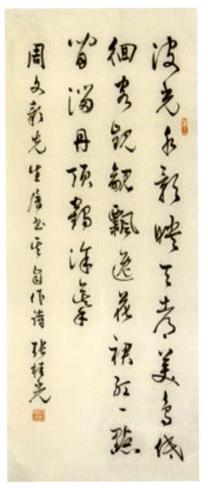

书家·张桂光
中国书协理事、广东省书协主席

311

后
记

新增了20位书法家的墨迹。修订版共印有书法作品120幅，其中85幅为书法家朋友们所书，自书35幅。为方便读者书法作品，我特地编制了"书法作品目录"；五是封面装帧没变，但换了颜色，以示区别。

尽管诗词的修改我尽了力，但限于水平，不尽人意之处一定不少，敬请读者指教。

本书的初版，我是以"鸣谢"作为后记的，专门感谢那些在审读把关、编辑出版方面给予我热情帮助的朋友。虽然那篇"鸣谢"没有保留在这里，但已经深深地印在了我心里。

周文彰
2017 年 1 月 21 日星期六
于国家行政学院寓所

书法作品目录